EL PERRO
DE LOS BASKERVILLE

Arthur Conan Doyle

Título: El perro de los Baskerville
Título original: *The Hound of the Baskerville*
Autor: Arthur Conan Doyle

© Edimat Libros, SA
C/ Primavera, 10, nave 35
28500 Arganda del Rey
Madrid-España
www.edimat.es

Traducción: Sara Morales Loren
Introducción: Rocío Pizarro
Diseño de cubierta: Karakachoff Estudio
Ilustración de cubierta: Andrés Nancul para Karakachoff Estudio

ISBN: 978-84-9794-698-8
Depósito Legal: M-24807-2025

Impreso en China - *Printed in China*

INTRODUCCIÓN

Sir Arthur Conan Doyle había asesinado a Sherlock Holmes en 1893, unos años antes de la creación de *El perro de los Baskerville*. Doyle, cansado ya de los éxitos del tal vez más famoso detective del mundo, decidió deshacerse de su popular personaje. Para ello, envió al malvado Moriarty, el genio del crimen, contra él. Moriarty lo persiguió incansablemente y lo acorraló finalmente en las cataratas suizas de Reichenbach. Y fue en ese deslumbrante paisaje, tras una dura pelea, donde Doyle se deshizo de los dos. Ninguno de ellos pudo salvarse. Cuando Sherlock Holmes murió contaba tan sólo seis años de edad. El brillante detective había nacido en 1887 en la novela *Estudio en escarlata,* donde era descrito como un hombre con quien no era fácil la convivencia. Quizá ya entonces nuestro autor vislumbraba el odio que iba a ir desarrollando hacia su personaje.

Sir Arthur Conan Doyle, en sus estudios de medicina, había aprendido bien la importancia de seguir un método científico para realizar un buen diagnóstico. Su profesor, Joseph Bell, decía:

«Debéis deducir de los diferentes elementos, unidos entre ellos de manera adecuada, la enfermedad del paciente».

Más tarde, Doyle diría en su novela *Estudio en escarlata:*

«Se debe aprender a adivinar a la primera ojeada la historia de un hombre, y la profesión que este ejerce. Por pueril que parezca este ejercicio, agudiza nuestras facultades de observación y nos enseña a mirar y a ver. Las uñas, la manga del vestido, los zapatos, las rodilleras del pantalón, las callosidades del pulgar y el índice, los puños de la camisa, la expresión del rostro, todo nos puede indicar a qué se dedica una persona».

Después de su obra *Estudio en escarlata,* Doyle escribió *El signo de los cuatro* en 1890, en 1892 *Las aventuras de Sherlock Holmes* y en 1894 vio la luz *Las memorias de Sherlock Holmes*. Por entonces comenzó a escribir una trilogía bajo el título de *The Refugees,* protagonizada por un brigadier, húsar del ejército napoleónico, llamado Étienne Gérard. Sherlock Holmes fue asesinado y sustituido por un oficial de caballería.

La respuesta del público no se hizo esperar. Los lectores exigían la resurrección de su ídolo. Al domicilio de Doyle llegaban cientos de cartas reprochándole su indigna acción. Hasta su querida madre le regañó por lo acontecido. Pero el escritor hizo caso omiso a todas las manifestaciones de duelo y de protesta y en 1900 se marchó a Sudáfrica en busca de sus propias aventuras.

En 1902, Conan Doyle se hallaba en Cromer conversando con su buen amigo Fletcher Robinson, cuando este último le contó la historia de un perro feroz y el siniestro páramo cercano a la terrible cárcel de Dartmoor. Doyle, interesado por la historia, le propuso a su amigo realizar un viaje al lugar de la fantasmal historia. En este mismo viaje pergeñó ya el argumento de la novela que llevaría por título *El perro de los Baskerville*. En un principio, nuestro escritor pensó en ella como en una novela de terror, pero realmente es una estupenda novela policíaca, con elementos góticos, presencias extrañas, cementerios... pero donde, finalmente, todo encuentra una explicación lógica.

Doyle necesitaba un protagonista para esta nueva creación. La presión del público y de su editor, que le ofrecía una considerable cantidad de dinero por resucitar a Sherlock Holmes, hizo que Doyle volviera a poner al mando de la historia al reputado detective y a su no menos conocido ayudante Watson. Pero nuestro autor se niega a resucitarlo, tal vez para no sentirse de nuevo atado a su odiado personaje, y traslada la trama a 1889, dando un salto en el tiempo, con lo cual no es una resurrección sino un paso hacia atrás en la historia. Watson adquiere un protagonismo inusitado en la trama, tal vez debido a esta animadversión de la que venimos hablando a lo largo de esta introducción.

A pesar de todo, Sherlock Holmes vuelve a brillar en esta impecable novela policíaca, donde no falta ni un solo elemento: intriga, muertes, investigación...

La esencia de una trama policíaca se basa en la existencia de un crimen y la investigación que se lleva a cabo para descubrir el móvil y al inculpado o inculpados. Normalmente se producen dos acciones principales, la de la investigación, interrogatorios, búsqueda de sospechosos... y la de la narración de cómo y por qué ha sucedido el crimen, el esclarecimiento. Esta segunda parte es producto de la primera. En ella se nos muestran los resultados de la investigación, las reflexiones y las conclusiones a las que llegan aquellos que se hacen cargo del caso.

La novela policíaca tiene su origen en la novela enigma o deductiva de mediados del siglo XIX. Su mejor representante lo hallamos en alguna de las novelas de Edgar Allan Poe. Este utilizaba elementos que la novela gótica ya había empleado —misterios aparentemente sobrenaturales que finalmente encuentran una solución que se ajusta a la razón, asesinatos extraños que son investigados y normalmente resueltos gracias a un método deductivo—, y los desarrollaba con gran maestría, dando origen así, a lo que actualmente conocemos como novela policíaca. Estas novelas son producto de la intromisión en el ámbito de la literatura del pensamiento de Stuart Mill, Charles Darwin y Herbert Spencer, que sustituyeron a las tinieblas y fantasmas por el imperio de la luz de la razón.

El perro de los Baskerville es un buen ejemplo de novela conciliadora entre una novela gótica y la novela policíaca. Esta novela fue apareciendo en capítulos mensuales en la revista The Strand Magazine en 1901. En 1902 fue publicada en un único volumen. El éxito obtenido fue asombroso, la revista duplicó su tirada y la primera edición del libro se agotó enseguida. Parte de este éxito se lo debemos a la reaparición de Sherlock Holmes. Personaje e imagen que permanecen grabados aún en nuestra memoria, gracias a las novelas, descripciones, ilustraciones o a las numerosas apariciones en el cine o la televisión. El público conoce todo acerca de este singular personaje. Sabe cómo es físicamente y no duda en lo referente a su personalidad: excéntrico, solitario, orgulloso, misógino, de carácter depresivo, adicto a las drogas y fumador empedernido. El personaje de Holmes no es especialmente simpático, pero posee una arrolladora personalidad capaz de atraer a cualquiera. A pesar de su relación de ligera superioridad hacia su fiel Watson, nos atrae y en cierto modo nos agrada. Y aunque la figura de Watson es mucho más simpática, todos aspiramos a ser Holmes; así de potente es su atractivo, basado sobre todo en su extraordinaria inteligencia. Podríamos decir que nuestro querido detective sólo posee un único punto débil: la necesidad del aplauso. Holmes no busca hacer justicia, no hay una acción moral en sus investigaciones, tampoco busca el dinero, tan sólo desea el reconocimiento y la admiración de los demás.

La parte más humana que conocemos de Holmes es la que se nos muestra a través de los ojos de Watson, que lo admira, pero sabe verlo en lo que es básicamente, aunque no llegue a comprenderlo del todo. Holmes se nos revela distante e inexpugnable y el bueno de Watson nos lo trae a la cercanía.

El personaje de Holmes tiene su origen en el personaje que Poe había creado para su novela, *Los asesinatos de la calle Morgue,* que atendía al nombre de Charles August Dupin. Caballero francés del siglo XIX, vestido con sombrero y capa negra. Dupin fue el primero en utilizar para sus investigaciones el método deductivo en la explicación de los acontecimientos, un método que perfeccionará al máximo Sherlock Holmes. Doyle, que había leído a Poe, minusvalora a través de Holmes a su antecesor:

«Dupin era un mediocre... Poseía una cierta capacidad de análisis pero no era el fenómeno que Poe parecía creer».

Después del éxito de Holmes, los detectives han proliferado ocultándose bajo las más diversas apariencias.

Como ya hemos dicho anteriormente, Holmes llevó a la perfección el método deductivo en sus investigaciones; pero ¿qué requisitos son necesarios para que este método tenga éxito? El primero de todos es el poder de la observación, como bien resalta Holmes: «el mundo está lleno de cosas obvias que nadie observa». El segundo es la duda metódica. El tercero es disponer de unos vastos conocimientos acerca de diversas disciplinas. Holmes es una especie de hombre del Renacimiento que se preocupa del conocimiento en general, y domina, así, una gama amplia de materias. El cuarto requisito es el cultivo de la imaginación, pero una imaginación destinada a descubrir nuevas posibilidades y explicaciones generales a partir de datos concretos.

Los relatos de intriga de Sherlock Holmes poseen un esquema que se puede descubrir en todas y cada una de las novelas que Doyle realizó junto a este personaje, esquema que también nos sirve para la obra que nos ocupa:

La acción se inicia en la casa de Holmes en Baker Street.
Llega un cliente y narra su caso.

Holmes realiza una serie de deducciones a partir de esa entrevista.

Se procede al planteamiento del problema.

Holmes comienza la investigación.

Holmes se traslada al lugar del crimen.

Holmes resuelve el caso, dejando a todos sorprendidos.

Holmes regresa junto a Watson a su casa en Baker Street, y explica los razonamientos que le han llevado a resolver el caso.

En el caso de *El perro de los Baskerville*, además de seguirse este esquema, Doyle la concibió también como una novela inspirada en la novela gótica inglesa. Por ello aunó el misterio gótico con un punto de vista puramente racional, haciendo prevalecer la deducción por encima de todo. En algunos capítulos, sobre todo en aquellos en que la figura de Holmes queda momentáneamente eclipsada por la de Watson, el terror, la sin razón y el misterio se apoderan de la trama. Pero tras esa ilusoria oscuridad se esconde la luz de lo inteligible.

El perro de los Baskerville es uno de los mejores relatos de Conan Doyle, con una ambientación espeluznante y de una belleza plástica espléndida, que ha logrado cautivar a millones de lectores en todo el mundo. Una maravillosa novela que una vez que se empieza a leer no se puede dejar hasta descubrir cuál es la solución a tanto misterio.

El éxito de Conan Doyle se debe, sin lugar a dudas y paradójicamente, a su odiado personaje, Sherlock Holmes. Un personaje, salido de la era victoriana, inteligente y metódico, conocedor de las ciencias humanas, drogadicto, misógino y sensible, aunque se esfuerce en esconderlo. Conan Doyle no sólo nos proporcionó una serie magnífica de relatos policíacos, sino que nos ofreció un arquetipo humano, un personaje inolvidable y querido por todos. Tan inolvidable que una vez que el propio Doyle se deshizo de él, sus lectores se rebelaron ante tan injusta acción y pidieron cuentas a su asesino. Holmes volvió a la escena del crimen y se vengó de su creador con un nuevo gran éxito: *El perro de los Baskerville*.

EL PERRO
DE LOS BASKERVILLE

Este relato debe su concepción a mi amigo el señor Fletcher Robinson, quien colaboró conmigo, no sólo en el argumento general de la historia, sino también en algunos de sus detalles.

A. C. D.

CAPÍTULO PRIMERO

Sherlock Holmes

Sherlock Holmes, quien tenía por costumbre levantarse muy tarde por las mañanas, salvo en las no escasas ocasiones en las que no se acostaba, se encontraba sentado a la mesa del desayuno. Yo estaba de pie sobre la alfombra colocada enfrente de la chimenea y tomé en mis manos el bastón que nuestro visitante de la noche anterior había dejado olvidado. Se trataba de un grueso trozo de madera de la mejor calidad, con empuñadura en forma de bulbo. El tipo de bastón que se conoce habitualmente con el nombre de «Abogado de Penang». Justo debajo de la empuñadura había una gran placa de plata de casi una pulgada de ancho, en la que aparecía grabado: «A James Mortimer, MRCS, de sus amigos del HCC», junto con la fecha «1884». Era el tipo de bastón que los médicos de medicina general chapados a la antigua utilizaban, de aspecto sólido, digno y que ayudaban a transmitir confianza.

—Y bien, Watson, ¿qué conclusiones puede extraer de él?

Holmes estaba sentado de espaldas a mí y yo no le había dado ningún indicio de lo que estaba haciendo.

—¿Cómo ha sabido lo que estaba haciendo? Empiezo a pensar que de verdad tiene ojos en la nuca.

—Bueno, al menos tengo delante de mí una cafetera bañada en plata bien bruñida —replicó él—. Pero, por favor, Watson, dígame qué conclusiones saca del bastón de nuestro visitante. Ya que desgraciadamente no estábamos aquí cuando vino y no tenemos ni idea de adónde ha ido, este *souvenir* accidental cobra una inusitada importancia. Permítame escuchar qué tiene que decir usted del hombre a partir del examen del objeto.

—Creo —empecé a decir, intentando aplicar en la medida de lo posible los métodos de mi compañero— que el doctor Mortimer es un caballero de cierta edad que ha alcanzado un cierto éxito como médico y que es una persona apreciada, como demuestra que quienes lo conocen le regalaron como muestra de afecto este bastón.

—¡Bien! —exclamó Holmes—. ¡Excelente!

—Creo también que es probable que se trate de un médico rural y que la mayor parte de sus visitas las realice a pie.

—¿Qué le hace pensar eso?

—Pues que este bastón, que originariamente debió ser muy bonito, está tan machacado, que casi no puedo imaginarlo en manos de un médico de ciudad. La gruesa pieza de hierro de la punta está tan desgastada que es evidente que ha caminado mucho con él.

—¡Perfectamente lógico! —repuso Holmes.

—Además, tenemos también la inscripción: «sus amigos del HCC». Imagino que se tratará de «Lo-que-sea» Club de Caza. El club de caza local, a uno de cuyos miembros es posible que haya prestado asistencia médica en alguna ocasión y a raíz de la cual recibiera este pequeño obsequio.

—Sinceramente, Watson, se supera a sí mismo —dijo Holmes, retirando su silla de la mesa y encendiendo un cigarrillo—. Me atrevo incluso a decir que, en esas ocasiones en las que usted ha sido tan amable de escribir un relato consignando mis habilidades, se ha subestimado a sí mismo. Puede que usted no sea especialmente brillante, pero consigue llevar la luz a los demás. Hay personas que, sin ser auténticos genios, consiguen estimular las cualidades de quienes las rodean. Le confieso, mi querido amigo, que estoy en franca deuda con usted.

Jamás me había dicho nada parecido y confieso que sus palabras me halagaron enormemente, pues con frecuencia su indiferencia hacia la admiración que yo le profesaba y hacia mis intentos de hacer sus logros del dominio público, había conseguido molestarme. Me sentí orgulloso de haber conseguido por fin dominar el sistema de deducción que él utilizaba y haber sido capaz de aplicarlo de una manera que a él le resultase acertada. Tomó el bastón de mis manos y lo examinó durante unos minutos simplemente con la mirada. Después, visiblemente interesado, lo acercó a la ventana y siguió examinándolo con su lupa.

—Interesante, aunque bastante elemental, sin embargo —dijo mientras regresaba a su rincón favorito en el sofá—. Hay un par de detalles claros en el bastón que nos permiten apoyarnos en ellos para hacer algunas deducciones razonables.

—¿He pasado algo por alto? —pregunté con algo de suficiencia—. Espero no haber olvidado nada que sea realmente importante.

—Me temo, mi querido Watson, que la mayoría de sus deducciones son erróneas. Al decir que usted me resulta estimulante quise decir, para serle franco, que ninguna de las cosas que usted dijo me llevó a la verdad. Pero no se equivocó en todo. El hombre es de hecho un médico rural y camina muchísimo.

—Entonces no me equivoqué.

—Hasta ahí, no.

—Eso es todo lo que hay.

—No, no, mi querido Watson; eso no es cierto en absoluto. Me atrevo a sugerir que es mucho más probable que un médico reciba un regalo de compañeros de un hospital que de miembros de un club de caza. Y si las letras CC siguen a la palabra hospital, el nombre Charing Cross viene automáticamente a la cabeza.

—Puede que tenga razón.

—Es lo más probable. Y si tomamos estos datos como hipótesis de trabajo, tenemos una nueva base sobre la que edificar nuestras deducciones sobre nuestro desconocido visitante.

—De acuerdo. Supongamos que las siglas HCC significan Hospital Charing Cross. ¿Qué más podemos sacar a partir de ahí?

—¿No le sugiere nada? Conoce mis métodos; aplíquelos usted mismo.

—Lo único que se me ocurre es que este hombre tuvo que ejercer la medicina en este hospital antes de trasladarse al campo.

—Yo creo que podemos atrevernos a hacer alguna suposición más aventurada. Mírelo de esta forma: ¿en qué ocasión cree usted que es más probable que nuestro hombre recibiera este regalo? ¿Cuándo se unirían sus amigos para darle esta muestra de sus buenos deseos? Obviamente, cuando el doctor Mortimer abandonó el hospital para establecerse por su cuenta. Sabemos que recibió un regalo. Creemos que abandonó el ejercicio de la medicina en un hospital para trasladarse al campo. ¿Es demasiado temerario suponer que el regalo se hizo en dicha ocasión?

—Parece lo más probable, ciertamente.

—Ahora bien, fíjese que no debía pertenecer al personal fijo del hospital, pues sólo un médico bien establecido en Londres podría tener un puesto así. Y sin duda un hombre de esas características no se trasladaría al campo. ¿De quién se trataba entonces? Trabaja en el hospital pero no pertenece a su plantilla; debe tratarse de un médico o de un cirujano residente, poco más que un recién licenciado. Y abandonó el hospital hace cinco años: la fecha aparece en el bastón. Así pues, su circunspecto médico de medicina general se convierte en un joven doctor que no ha cumplido los treinta todavía, poco ambicioso, despistado, simpático y que tiene un perro favorito que describiría como algo más grande que un terrier y más pequeño que un mastín.

Reí con incredulidad mientras Holmes se recostaba en el sofá y lanzaba danzantes volutas de humo hacia el techo.

—Por lo que respecta a lo último que ha dicho, no puedo comprobarlo —le dije—, pero es fácil consultar algún detalle acerca de su edad y trayectoria profesional.

De la estantería donde ponía mis volúmenes de medicina tomé el *Directorio médico* y busqué el nombre en cuestión. Leí en voz alta su ficha:

«Mortimer, James. Miembro del Real Colegio de Cirujanos, 1882, Grimpen, Dartmoor, Devon. Cirujano residente desde 1882 hasta 1884 en el Hospital Charing Cross. Ganador del premio Jackson en el apartado de Patología Comparativa gracias a su ensayo titulado *¿Es la enfermedad un paso atrás?* Miembro a su vez de la Sociedad de Patólogos Sueca. Ha publicado "Anomalías atávicas" *(Lancet,* 1882) y "¿Avanzamos?" *(Revista de Patología,* marzo de 1883). Médico titular de los distritos de Grimpen, Thorsley y High Barrow».

—Vaya, parece que no dice nada de ningún club de caza local, ¿no es cierto, Watson? —dijo Holmes con una pícara sonrisa—. Pero se trata de un médico rural, como astutamente apuntó usted. Creo que puedo justificar razonadamente mis deducciones y los adjetivos con los que lo describí. Simpático, poco ambicioso y despistado, si no recuerdo mal. Por lo que llevo observado en esta vida, sólo un hombre simpático recibe regalos, sólo uno poco ambicioso hubiese abandonado Londres para trasladarse al campo y sólo un hombre despistado es capaz de esperar durante una hora en un apartamento, no dejar tarjeta de visita y dejar olvidado su bastón.

—¿Y respecto al perro?

—Tiene la costumbre de ir tras su amo llevando su bastón. Como se trata de un bastón pesado, el perro tiene que sujetarlo por su parte central. Las marcas de su dentadura son muy visibles. La mandíbula del perro, como puede ver por el espacio entre marca y marca, es en mi opinión demasiado ancha para tratarse de un terrier y demasiado estrecha para que se trate de un mastín. Podría ser... Sí, ¡por todos los demonios!, se trata de un *spaniel* de pelo rizado.

Se había levantado y había caminado por la habitación mientras hablaba. Ahora permanecía de pie frente a la ventana. Había tal convencimiento en su voz que levanté los ojos para mirarlo.

—Querido amigo, ¿cómo puede estar tan seguro de lo que dice?

—Por la sencilla razón de que estoy viendo al perro en la puerta de nuestra casa y es el dueño en persona el que acaba de timbrar. No se marche, Watson, se lo ruego. Se trata de un compañero suyo de profesión y su presencia podría resultarme muy útil. Y ahora llega el dramático momento de la verdad, cuando el destino hace que unos pasos se aproximen escaleras arriba hacia nuestras vidas sin que sepamos si será para bien o para mal. ¿Qué será lo que el doctor Mortimer, hombre de ciencia, desea de Sherlock Holmes, especialista del crimen? ¡Adelante!

El aspecto de nuestra visita me chocó, pues esperaba a alguien con el aspecto típico de un médico rural, y quien entró fue un hombre muy alto y delgado, con una gran nariz ganchuda que sobresalía entre dos ojos verdes y penetrantes, bastante juntos entre sí y que brillaban alegremente detrás de unas gafas de montura dorada. Vestía de manera correcta y algo desaliñada, pues su levita estaba manchada y sus pantalones deshilachados. A pesar de ser un hombre joven, su larga espalda se curvaba hacia delante y caminaba con la cabeza algo adelantada respecto del cuerpo, y con un cierto aire de benevolencia hacia sus semejantes. Al entrar, sus ojos se dirigieron inmediatamente al bastón que Holmes sostenía entre las manos y corrió hacia él lanzando un grito de alegría.

—¡Cómo me alegro! —exclamó—. No estaba seguro de si lo había dejado aquí o en la oficina de envíos. No quisiera perder este bastón por nada del mundo.

—¿Se trata de un regalo, señor? —preguntó Holmes.

—Así es.

—¿Del Hospital Charing Cross?

—De uno o dos amigos que hice allí. Recibí el regalo con motivo de mi matrimonio.

—Vaya, vaya, ¡es una lástima! —replicó Sherlock Holmes sacudiendo la cabeza.

El doctor Mortimer parpadeó tras sus gafas, claramente sorprendido.

—¿Por qué es una lástima?

—Simplemente porque acaba de destrozar nuestras deducciones. ¿Su matrimonio, ha dicho?

—Sí, señor. Me casé y abandoné el hospital poniendo todas mis esperanzas en una consulta privada. Era necesario que me estableciera por mi cuenta.

—Bueno, en ese caso, no nos hemos equivocado demasiado —dijo Holmes—. Y ahora bien, doctor James Mortimer...

—Señor Mortimer, señor Mortimer, un humilde miembro del Real Colegio de Cirujanos, simplemente.

—Y, evidentemente, un hombre de ideas claras.

—Y que se aventura ocasionalmente en el mundo de la ciencia, un buscador de conchas en las orillas del gran océano de lo desconocido. Supongo que es usted Sherlock Holmes y no...

—No, él es mi amigo, el doctor Watson.

—Encantado de conocerlo, señor. He oído hablar de usted también relacionado con su amigo. No esperaba que tuviese usted un cráneo tan dolicocéfalo ni un desarrollo supraorbital tan marcado. ¿Le importa que recorra con mi dedo su fisura parietal? Un molde de su cráneo ocuparía un lugar de honor en mi museo antropológico, hasta que el original estuviese disponible. No deseo parecer excesivamente adulador, pero le confieso que me encantaría tener su cráneo.

Sherlock Holmes indicó con un gesto a nuestro extraño visitante dónde sentarse.

—Me parece que es usted un entusiasta en su campo tan grande como yo lo soy en el mío —dijo—. Observo en sus dedos que lía usted sus propios cigarrillos; por favor, encienda uno si así lo desea.

El hombre sacó papel y picadura y lió un cigarrillo con una habilidad asombrosa. Sus dedos, largos y nerviosos, recordaban las inquietas y ágiles antenas de un insecto.

Holmes permanecía callado, pero las miradas que lanzaba a nuestro visitante demostraban el interés que este despertaba en él.

—Supongo, señor, que no debo el placer de su visita de ayer y la de hoy a un mero interés en examinar mi cráneo, ¿no es cierto?

—No señor, en absoluto. Me alegro de haber tenido la oportunidad de examinar de paso su cráneo, pero si vine hasta aquí, señor Holmes, es porque reconozco que no soy un hombre pragmático y porque me veo envuelto en un problema muy serio. Y como sé que es usted el segundo experto en Europa...

—¿Cómo dice? ¿Puedo preguntarle quién tiene el honor de estar situado en el lugar número uno? —preguntó Holmes con aspereza.

—Para el hombre de ciencia, *monsieur* Bertillon debe ser siempre un claro referente.

—En ese caso, ¿no sería mejor que se dirigiera a él?

—Dije para el hombre de ciencia. Si se trata de la vida real, usted no tiene competidor. Espero, señor, no haberle...

—Un momento, por favor —repuso Holmes—. Creo que lo mejor sería, doctor Mortimer, que sin más dilación me explicase exactamente en qué consiste el problema para el cual precisa mi ayuda.

CAPÍTULO II

La maldición de los Baskerville

—Traigo un manuscrito en mi bolsillo —empezó a decir el doctor Mortimer.

—Me di cuenta cuando entró usted en la habitación —replicó Holmes.

—Es un documento antiguo.

—Principios del siglo dieciocho, salvo que se trate de una falsificación.

—¿Cómo puede saberlo, señor?

—Desde que usted empezó a hablar he podido observar una pulgada o dos de él. No sería un gran experto si no pudiese datar un documento con un margen de error de una década. Es posible que haya tenido ocasión de leer una pequeña monografía que escribí al respecto. Yo situaría ese en 1730.

—La fecha exacta es 1742 —el doctor Mortimer sacó el manuscrito del bolsillo del pecho de su levita—. Fue sir Charles Baskerville quien me confió este documento familiar. Su repentina y trágica muerte hace tres meses causó un gran revuelo en Devonshire. Yo no era sólo su médico, sino que puedo decir que era amigo personal suyo. Era un hombre decidido, agudo, pragmático y tan poco dado a fantasear como pueda serlo yo mismo. Y a pesar de eso, se tomaba este documento muy en serio, y su mente había aceptado un final tan trágico como el que acabó sufriendo.

Holmes estiró su mano en demanda del manuscrito y lo estiró sobre sus rodillas.

—Fíjese, Watson, en el uso alterno de la «s» larga y la «s» corta. Es uno de los detalles, entre otros muchos, que me permitió datarlo.

Miré por encima de su hombro el papel amarillento escrito con tinta ya descolorida. En el encabezado podía leerse: «Mansión de los Baskerville» y debajo, en cifras enormes: «1742».

—Parece algún tipo de declaración.

—Sí, es el relato de una antigua leyenda que afecta a la familia de los Baskerville.

—Imagino que la consulta que desea hacerme tiene relación con un asunto algo más moderno e inminente, ¿no es así?

—Completamente moderno, de índole práctica y urgente. La decisión debe tomarse en menos de veinticuatro horas. El manuscrito es breve y está íntimamente relacionado con nuestro asunto; así que, con su permiso, se lo leeré a ustedes.

Holmes se reclinó en su asiento, juntó las yemas de sus dedos y, con expresión resignada, cerró los ojos. El doctor Mortimer orientó el manuscrito para que quedara bien iluminado por la luz y, con voz cascada, leyó en voz alta el curioso documento de redacción anticuada.

«Hay muchas versiones acerca del origen del linaje de los Baskerville, pero siendo yo descendiente directo de Hugo Baskerville y habiendo escuchado el relato de los labios de mi padre, quien, a su vez, lo escuchó de los del suyo, he llegado al convencimiento pleno de que lo que a continuación relataré son hechos ciertos y probados. Y desearía, queridos hijos, que creyeseis que la misma justicia que castiga los pecados es también capaz de aplicar su gracia a la hora de perdonarlos, y que ninguna carga es tan pesada que no pueda ser eliminada gracias al arrepentimiento y a la oración. Que este relato sirva no para que temáis los frutos del pasado, sino para que seáis comedidos en el futuro y que esas pasiones locas que han sido la causa de los dolorosos sufrimientos de esta familia no se desaten de nuevo y sean nuestro fin.

Sabed que en la época de la Gran Revuelta (sobre cuyos detalles os aconsejo que consultéis al erudito lord Clarendon) el señorío de Baskerville estaba gobernado por un tal Hugo de nuestro mismo linaje y del que no puede decirse otra cosa sino que era un hombre salvaje, blasfemo y ateo. Esto no habría importado excesivamente a sus vecinos, pues bien sabido es que el páramo no ha sido nunca tierra de santos, pero era además un hombre desenfrenado y despiadado, de manera que su nombre se convirtió en un sinónimo de crueldad. Ocurrió que Hugo se enamoró (si es que puede darse un nombre tan digno a un sentimiento de tan oscura naturaleza) de la hija de uno de sus vasallos, cuyas tierras estaban próximas a las del señorío de los Baskerville. La doncella, que era de buena reputación y discreta, evitaba en toda ocasión a don Hugo, pues lo temía. Así pues, en la festividad de san Miguel, con la ayuda de cinco o seis de sus ociosos y malvados compañeros de tropelías, raptó a la doncella aprovechando que ni su padre ni sus hermanos estaban en la granja, cosa que Hugo sabía. Una vez que llegaron a la mansión, llevaron a la doncella a una de las habitaciones del piso superior, mientras Hugo y sus amigos organizaban abajo una de sus habituales francachelas nocturnas. Los gritos, juramentos y canciones procedentes del piso inferior tuvieron que aterrorizar a la pobre chiquilla, pues dicen que el vocabulario que utilizaba el tal Hugo cuando el vino lo gobernaba podía fulminar al hombre que osase repetirlo. Finalmente, llevada por el terror, la doncella hizo lo que seguramente hombres más valientes y de más experiencia que ella no se hubiesen atrevido a hacer: con ayuda del tapiz de hiedra que cubría (y todavía cubre) la pared sur de la casa, descendió desde los aleros hasta el suelo y se puso en marcha a través del páramo hacia su casa, que distaba unas tres leguas de la mansión de los Baskerville.

Al cabo de un rato, don Hugo decidió llevar comida y bebida, y tal vez otras cosas peores, a su prisionera, y descubrió así que la paloma había escapado de la jaula. Como era de esperar, su ira le hizo parecer endemoniado. Se lanzó escaleras abajo y, saltando sobre la mesa del comedor, proclamó, mientras jarros y platos volaban a su alrededor, que ofrecía esa misma noche su cuerpo y su alma a las Fuerzas del Mal si conseguía a cambio recuperar a la doncella. Y si bien los pillastres permanecían mudos ante la furia desplegada por Hugo, uno de ellos más malvado o, tal vez, más borracho que los demás, gritó que deberían soltar a los perros tras ella. Al oírlo, don Hugo corrió fuera de la casa gritando a sus mozos que ensillaran su yegua y que preparasen a la jauría. Dio a oler a los perros un pañuelo de la doncella y los soltó, saliendo tras ellos a través del páramo bajo la luz de la luna.

Durante algún tiempo los demás juerguistas permanecieron inmóviles, incapaces de comprender todo lo que acababa de suceder, debido a la rápida sucesión de acontecimientos. Pero una vez que sus mentes fueron capaces de concebir los hechos que iban a desarrollarse en el páramo, empezaron a pedir a gritos, unos sus pistolas, otros sus caballos y algunos de ellos, más vino. Por fin, algo de sentido común llegó a sus enloquecidas mentes y todos ellos, trece en total, montaron a caballo y comenzó la persecución. La luna iluminaba su camino y avanzaban a gran velocidad, siguiendo la ruta que con toda seguridad habría seguido la doncella para regresar a su hogar.

Habían recorrido una milla o dos cuando se encontraron con uno de los pastores que recorrían el páramo por la noche y le preguntaron si sabía algo de la cacería que se estaba desarrollando. Y cuenta la leyenda que el hombre estaba tan aterrorizado que casi no podía hablar y que les contó que había visto a la desdichada joven correr perseguida por los perros. "Pero he visto más —les dijo—. He visto a Hugo Baskerville a lomos de su yegua negra pasar cabalgando por mi lado. Y tras él, en silencio, iba un perro procedente del Infierno, que quiera Dios que jamás me persiga a mí".

Los borrachos maldijeron al pastor y siguieron cabalgando, pero pronto el terror los dejó helados, pues oyeron un galope que se acercaba a ellos y al momento pasó por su lado la yegua negra, con el hocico cubierto de espuma blanca, las riendas caídas y la silla vacía. Los tarambanas se acercaron unos a otros presas del miedo, pero siguieron cabalgando por el páramo a pesar de que cada uno de ellos, de haber ido solo, hubiese hecho girar en redondo su caballo y hubiese picado espuelas. Siguieron adelante, cabalgando despacio hasta que encontraron a la jauría, famosa por su arrojo, gimiendo en lo alto de un barranco. Algunos perros se alejaban un poco del resto de la jauría y otros permanecían con los pelos del lomo completamente erizados, mirando fijamente al fondo del barranco.

El grupo se detuvo, ya bastante más sobrio que cuando iniciaron la cabalgada. La mayoría no tenía ni la menor intención de seguir avanzando, pero tres de ellos, los más valientes, o tal vez los más borrachos, se aventuraron barranco abajo. Al final se abría un claro en el que se erguían dos de esas enormes piedras que todavía pueden verse por ahí que los pueblos antiguos levantaban. La luna iluminaba el claro. En el centro vieron a la desdichada doncella donde por fin, vencida por el terror y la fatiga, había caído. Pero no fue la visión de su cadáver o la visión del cadáver de don Hugo lo que erizó el pelo de las nucas de los tres temerarios perdularios, sino una enorme bestia negra con forma de perro que atrapaba entre sus mandíbulas el cuello de don Hugo. Era más grande que ninguno de los perros que un humano haya visto jamás. Y a pesar de que ellos lo observaban completamente inmóviles, el animal terminó de desgarrar el cuello del infeliz Hugo y, con las fauces abiertas, fijó su mirada sobre ellos. Los tres huyeron de allí, gritando como locos y picando espuelas a través del páramo para salvar la vida. Uno de ellos, dicen, murió esa misma noche. Y ninguno de los otros dos volvió a ser el mismo hombre de antes.

Esa es la leyenda, hijos míos, del terrible perro del que se dice que desde entonces ha presidido el triste destino de la familia. Si he consignado aquí la historia es porque se teme menos aquello que se conoce que aquello que sólo se intuye o se adivina. No puede negarse que las muertes de algunos miembros de la familia han sido repentinas, violentas y misteriosas. Aun así, encomendémonos a la infinita bondad de la Divina Providencia, que jamás castigaría a ningún inocente más allá de la tercera o cuarta generación, como consta en las Sagradas Escrituras. A esa Divina Providencia os encomiendo, hijos míos, y por vuestro bien os aconsejo que jamás os aventuréis en el páramo cuando la oscuridad protege a las fuerzas del mal.

(Hugo Baskerville escribió esto para sus hijos Rodger y John, con instrucciones de que no revelaran nada de ello a su hermana Elizabeth)».

Cuando el doctor Mortimer terminó de leer tan singular relato, se colocó los lentes sobre la frente y miró fijamente a Sherlock Holmes. Este bostezó y lanzó la colilla de su cigarro a la chimenea.

—Bueno —dijo él.

—¿Le parece interesante?

—Para alguien interesado en historias de miedo, tal vez.

El doctor Mortimer sacó de su bolsillo un periódico doblado.

—Ahora, señor Holmes, le leeré algo más moderno. Es un artículo del 14 de junio de este año publicado en el Devon Country Chronicle que trata de los hechos que rodearon la muerte del señor Charles Baskerville, ocurrida unos días antes de dicha fecha.

Mi amigo se inclinó ligeramente hacia delante y su expresión se tornó intensa. Nuestro visitante volvió a colocarse los lentes y comenzó a leer:

«La reciente y repentina muerte de sir Charles Baskerville, cuyo nombre había sonado como candidato liberal por el condado de Mid-Devon en las próximas elecciones, ha oscurecido el condado. Aunque no hacía mucho tiempo que sir Charles habitaba la mansión de los Baskerville, la amabilidad de la que hacía gala, así como su gran generosidad, le habían granjeado el cariño y el respeto de todos los que tuvieron ocasión de tratarlo. En estos días de *nouveaux riches* resulta consolador que el descendiente de una antigua familia del condado caída en la desgracia fuera capaz de amasar su propia fortuna y regresar a la patria para restaurar la pasada grandeza de su linaje. Como es bien sabido, sir Charles consiguió una enorme fortuna especulando en Sudáfrica y regresó a Inglaterra con ella. Hace tan solo dos años se instaló en la mansión familiar, y es del dominio público su intención de ampliar y restaurar la gran casa. Planes que su súbita muerte ha interrumpido. Al no tener descendencia, era su intención que todo el condado pudiera disfrutar con él de su fortuna, y son muchos los que tienen sobrados motivos para llorar su muerte. En estas páginas nos hemos hecho eco en muchas ocasiones de sus generosos donativos a distintas iniciativas caritativas en el condado.

No puede decirse que la investigación llevada a cabo haya aclarado del todo las extrañas circunstancias en las que se produjo la muerte de sir Charles, pero al menos ha servido para acallar los rumores que habían dado alas a la superstición local. Nada hace sospechar que la muerte se haya debido a otras causas que las naturales. Sir Charles era viudo y se decía de él que era un hombre de costumbres algo excéntricas. A pesar de su considerable fortuna, era un hombre frugal y tenía sólo dos sirvientes en la mansión, el matrimonio Barrymore. El marido era el mayordomo y la esposa el ama de llaves. Ellos han afirmado, extremo que ha sido corroborado por algunos amigos del finado, que la salud de sir Charles se había visto resentida en los últimos tiempos por una afección cardíaca. Se manifestaba esta por cambios en el color de su rostro, falta de aliento y ataques agudos de depresión nerviosa. El doctor Mortimer, amigo del fallecido, ha confirmado estos puntos.

Los hechos son sencillos. Sir Baskerville tenía la costumbre de pasearse todas las noches por el famoso paseo de tejos de la mansión de los Baskerville. Los Barrymore han confirmado que esa era su costumbre. El día 4 de junio, sir Charles manifestó su intención de partir al día siguiente hacia Londres y ordenó a Barrymore que preparara su equipaje. Esa misma noche salió, como de costumbre, a dar un paseo, durante el cual había adquirido el hábito de fumarse un puro. Nunca regresó. A las doce en punto, Barrymore, alarmado al descubrir que la puerta de la mansión seguía abierta, encendió una luz y salió en busca de su señor. El día había sido húmedo y le resultó fácil seguir las huellas de sir Charles a lo largo del paseo. A medio camino, hay una puerta que se abre al páramo. Había pruebas de que sir Charles se había detenido allí durante unos minutos. Siguió avanzando por el paseo y al final de este descubrió el cadáver de sir Charles. Un hecho que sigue sin haber sido explicado es la afirmación de Barrymore de que las huellas de su señor cambiaron después de haber permanecido de pie frente a la puerta y que, aparentemente, siguió hasta el final del paseo caminando de puntillas. Un tal Murphy, tratante de caballos gitano, estaba en ese momento en el páramo y no muy lejos del lugar donde se produjeron los hechos. Pero, según su propia declaración, estaba tan borracho que sólo puede asegurar que oyó gritos, pero no puede decir de qué dirección procedían. El cuerpo de sir Charles no mostraba signos de violencia, pero su rostro estaba tan deformado por una mueca que su propio amigo el doctor Mortimer no podía creer que se tratase de sir Charles, su paciente y amigo. Este síntoma no es raro en casos de disnea y muerte por fallo cardíaco, extremos que la autopsia realizada al cadáver confirmó, así como la existencia de la enfermedad durante largo tiempo antes del fallecimiento. De forma que el informe del forense confirmó lo que el primer examen médico había ya revelado. Esta afortunada coincidencia resulta de suma importancia para que el heredero de sir Charles decida instalarse en la mansión y continuar la obra que ha quedado interrumpida debido a las tristes circunstancias. Si el informe forense no hubiese puesto fin a las habladurías que ya circulaban por la zona, podría haber resultado difícil encontrar inquilino para la mansión de los Baskerville. El heredero de sir Charles, en caso de que se encuentre con vida, ha resultado ser el hijo de su hermano menor. Se está intentando localizar al joven, de quien lo último que se sabe es que residía en América, para informarle de su buena fortuna».

El señor Mortimer dobló el periódico y lo guardó de nuevo en el bolsillo.

—Estos son los datos de dominio público, señor Holmes, en relación a la muerte de sir Charles.

—Debo darle las gracias —dijo Holmes— por reclamar mi atención sobre un hecho que presenta puntos de interés. Recuerdo haber leído algo sobre él en su momento en el periódico. Pero por entonces me hallaba ocupado resolviendo aquel pequeño asunto de los camafeos vaticanos y, debido a mi interés por satisfacer al papa, perdí el contacto con asuntos domésticos. ¿Y dice que el artículo contiene todos los datos que se hicieron públicos?

—Así es.

—En ese caso, cuénteme por favor los que no se hicieron públicos —se recostó en su asiento, unió las yemas de los dedos y su rostro adoptó una expresión de juez imperturbable.

—Al hacerlo —dijo el doctor Mortimer, que empezaba a dar muestras de sentir una gran emoción— le confiaré cosas que no he contado a nadie. Mi motivo para no habérselo revelado al forense es que un hombre de ciencia evita la ocasión de dar la impresión en público de que da crédito a una superchería popular. Y además, como dice el periódico, era posible que la mansión quedase sin habitantes si hubiésemos empeorado su ya sombría reputación. Así que ambas razones me empujaron a contar menos de lo que realmente sabía, puesto que nada bueno se derivaría de ello. Pero no tengo ningún motivo para no ser totalmente franco con usted.

»El páramo es un lugar muy poco habitado y aquellos que viven relativamente próximos acaban trabando relación estrecha entre sí. Por este motivo, sir Charles y yo nos veíamos muchísimo. Los hombres con estudios escasean por allí, y salvo el señor Frankland de la mansión Lafter y el señor Stapleton, el naturalista, no hay ninguno más en millas a la redonda. Sir Charles no salía apenas de casa, pero a causa de su enfermedad llegamos a conocernos y, gracias a nuestro mutuo interés por la ciencia, intimamos. Él había traído mucha información científica de Sudáfrica y pasamos muchas tardes deliciosas comentando las particularidades anatómicas de bosquimanos y hotentotes.

»En los últimos meses me resultó cada vez más evidente que el sistema nervioso de sir Charles se acercaba a un punto peligroso. Se había tomado la leyenda que les he leído demasiado en serio. Tanto que, aunque seguía paseando por sus tierras, por nada del mundo se internaba en el páramo de noche. Aunque le parezca del todo increíble, señor Holmes, estaba completamente convencido de que algún destino maldito perseguía a su familia. Y la verdad es que los datos que proporcionaba de sus antepasados no eran alentadores. Le atormentaba la idea de que alguna presencia fantasmal se cernía sobre él y en más de una ocasión en que lo visité por la noche me preguntó si había visto alguna criatura extraña o había oído el aullido de un perro. Esto último me lo preguntó muchas veces y siempre con voz presa de una gran excitación.

»Recuerdo que fui en coche hasta su casa una noche, tres semanas antes de que falleciera. Resultó que él estaba en la puerta de su casa. Yo acababa de bajar de mi calesa cuando me di cuenta de que tenía los ojos fijos en algo tras de mí y que estaba aterrorizado. Me giré y vi algo que me pareció un enorme ternero negro que pasaba por delante del paseo. Estaba tan asustado y nervioso que me suplicó que fuese a mirar por donde el animal había desaparecido y lo buscase. Ya no estaba por allí, y este incidente tuvo la peor influencia en su ánimo. Me quedé con él toda la tarde y, para justificar su reacción, me confió el documento que les leí nada más llegar. Les cuento este detalle porque tiene cierta importancia tal como se desarrollaron después los hechos, aunque entonces yo no le di ninguna y decidí que no había motivo alguno para su alarma.

»Fui yo quien aconsejó a sir Charles que viniese a Londres. Sabía que su corazón sufría mucho debido al estado de ansiedad permanente en el que vivía, y que, por muy quiméricos que fuesen los motivos, los efectos en su salud eran graves. Creí que unos meses de expansión en la ciudad le harían bien y lo convertirían en un hombre nuevo. El señor Stapleton, amigo común de ambos, también lo creía así. Y entonces sucedió la catástrofe.

»La noche en que sir Charles murió, el mayordomo, Barrymore, envió a caballo a Perkins, el mozo, en mi busca. Y como yo aún no me había acostado, llegué a la mansión de los Baskerville menos de una hora después de que hubiesen descubierto el cuerpo. Comprobé los datos que se hicieron públicos tras la investigación y seguí el recorrido que él había seguido en su paseo. Vi el lugar en la puerta de salida al páramo en la que se había detenido y comprobé el cambio en el tipo de huellas que dejaron sus pies a partir de ahí. No había más huellas en la gravilla aparte de las de Barrymore. Finalmente, examiné con cuidado el cuerpo que nadie había tocado antes de que yo llegara. Sir Charles estaba tumbado boca abajo, con los brazos extendidos y los rasgos torcidos en una mueca tal que no hubiese podido jurar que era él. No había signos de agresión física de ningún tipo. Pero hay una cosa que Barrymore dijo en la investigación, la cual no es cierta. Él declaró que no había nada cerca del cuerpo. Él no vio nada. Pero yo sí. A cierta distancia del cadáver, pero bien visible y claro.

—¿Huellas?

—Huellas.

—¿De un hombre o de una mujer?

El doctor Mortimer nos miró asombrado durante unos instantes y en un susurro contestó:

—Señor Holmes, ¡eran las huellas de un perro gigantesco!

CAPÍTULO III

El problema

Confieso que al oír esas palabras sentí un escalofrío por todo el cuerpo. El tono en la voz del doctor dejaba ver la intensa emoción que sentía al contarnos todo aquello. Holmes, vivamente interesado, inclinó el cuerpo hacia delante. En sus ojos brillaba la dura mirada que demostraba su intenso interés en aquel asunto.

—¿Las vio usted mismo?

—Tan claramente como lo veo a usted ahora.

—¿Y no se lo contó a nadie?

—¿Con qué propósito?

—¿Cómo es posible que nadie más viera las huellas?

—Las huellas estaban a unas veinte yardas del cadáver y nadie estaba pendiente de algo así. Supongo que yo tampoco hubiese reparado en ellas de no haber conocido la leyenda.

—¿Hay muchos perros pastores en el páramo?

—Sin duda. Pero las huellas no eran de un perro pastor.

—¿Y dice usted que eran de un perro grande?

—De un perro enorme.

—Pero no se acercó al cuerpo.

—No.

—¿Qué noche hacía?

—Húmeda y desapacible.

—¿Pero no llovía?

—No.

—¿Podría describir ese paseo?

—Está flanqueado por dos hileras de tejos, de unos veinte pies de altura, que forman un seto impenetrable. La zona central tiene unos ocho pies de ancho.

—¿Hay algo entre los setos y el paseo central?

—Sí, hay una franja de césped de unos seis pies de ancho a cada lado del camino.

—He creído entender que el seto de tejos queda accesible en un punto mediante una puerta.

—Así es; un portillo que comunica con el páramo.

—¿Existe algún otro tipo de abertura?

—Ninguno.

—Por tanto, para acceder al paseo flanqueado por los tejos es necesario entrar por la mansión, o entrar desde el páramo por esa puerta.

—También es posible entrar en él por su extremo más alejado a través de una residencia de verano.

—¿Había llegado sir Charles a ese punto?

—No, estaba a unas cincuenta yardas de él.

—Dígame, doctor Mortimer, algo que es muy importante: las huellas que vio ¿estaban en el paseo pero no sobre el césped?

—No había ninguna huella sobre el césped.

—¿Estaban en el mismo lado en que se encuentra el portillo?

—Sí, estaban sobre el límite del camino del mismo lado que el portillo.

—Está usted consiguiendo avivar mi interés por momentos. Otra pregunta: ¿estaba ese portillo cerrado?

—Cerrado y con la tranca echada.

—¿Qué altura tiene?

—Unos cuatro pies.

—Así pues, cualquiera puede saltarlo.

—Sí.

—¿Qué huellas observó en los alrededores de esa puerta?

—Ninguna en especial.

—¡Por el amor de Dios!, ¿es que nadie miró?

—Sí, yo mismo lo hice.

—¿Y no vio ninguna?

—Era todo muy confuso. Era evidente que sir Charles había permanecido allí durante unos cinco o diez minutos.

—¿Qué le hace afirmar eso?

—Cayó ceniza de su puro dos veces.

—¡Magnífico! Watson, tenemos aquí a un colega que sigue nuestros mismos métodos. ¿Y respecto a las huellas?

—Reconocí las huellas dejadas por sir Charles en una pequeña zona de gravilla. Y no vi ninguna distinta a estas.

Sherlock Holmes se golpeó una rodilla con gesto impaciente.

—¡Ojalá hubiese estado allí! —exclamó—. Es un caso de un interés extraordinario y que ofrece un campo inmenso de investigación para un científico experto. Ese sendero de gravilla en el que hubiese podido recoger tantísimos datos lleva tiempo ya destrozado por la lluvia y las pisadas de los curiosos. ¡Doctor Mortimer, doctor Mortimer! ¡Y pensar que habría podido requerir mis servicios entonces! Se lamentará de no haberlo hecho.

—No podía reclamar sus servicios, señor Holmes, sin hacer públicos estos hechos y ya le he dado mis razones para evitarlo. Además, además...

—¿Qué es lo que le preocupa?

—Existe un ámbito en el que la inteligencia y experiencia de un detective no sirven de nada.

—¿Quiere decir que todo este asunto es de naturaleza sobrenatural?

—Yo no he dicho eso.

—Pero resulta evidente que es lo que usted piensa.

—Desde que sucedió esta tragedia, señor Holmes, he tenido noticias de varios incidentes que contradicen el orden establecido en la naturaleza.

—¿Por ejemplo?

—Me han contado que antes de que sucediese esta terrible desgracia, varias personas habían visto por el páramo una criatura que se ajusta bastante bien a la descripción que tenemos del demonio de los Baskerville y que no puede tratarse de ningún animal que la ciencia haya identificado. Todos los que lo vieron coinciden en decir que se trataba de una criatura enorme, luminosa, de apariencia fantasmal; un espectro. He examinado las declaraciones de estos hombres, uno de ellos un campesino duro de mollera, otro un herrero y otro un granjero del páramo, en busca de contradicciones. Las declaraciones de los tres lo describen como una aparición terrorífica que coincide con el perro del Infierno de la leyenda. Le aseguro que la población de la región está aterrorizada y prácticamente nadie se aventura a cruzar el páramo de noche.

—Y usted, un hombre de ciencia avezado, ¿cree que se trata de algo sobrenatural?

—No sé qué creer.

Holmes se encogió de hombros.

—Hasta este momento he restringido mi campo de trabajo a este mundo —dijo—. He combatido el mal modestamente, pero intentar reducir al Señor del Mal es una tarea demasiado ambiciosa. A pesar de todo, reconocerá usted que las huellas son algo bien tangible.

—El perro original era lo bastante tangible como para desgarrar el cuello de un hombre y, a pesar de todo, un ser diabólico.

—Ya veo que se ha pasado al bando de los creyentes en fenómenos paranormales. Pero, doctor Mortimer, dígame una cosa: si su opinión es esa, ¿por qué ha recurrido usted a mí? Por un lado me dice que es inútil investigar la muerte de sir Charles y por otro desea que lo haga.

—Yo no he dicho que quiero que investigue su muerte.

—En ese caso, ¿para qué requiere mi ayuda?

—Necesito que me aconseje qué debo hacer con sir Henry Baskerville, quien llega a la estación de Waterloo —el doctor Mortimer miró su reloj— exactamente dentro de una hora y cuarto.

—¿Es el heredero?

—Sí. Al morir sir Charles buscamos a este joven caballero y descubrimos que era granjero en Canadá. Por las referencias que de él tenemos, se trata de un tipo estupendo en todos los aspectos. Hablo no sólo como médico sino como fideicomisario y albacea del testamento de sir Charles.

—Supongo que no existe ningún otro demandante.

—Ninguno. El otro único pariente cuya existencia fuimos capaces de descubrir es Rodger Baskerville, el más joven de los tres hermanos, de los que el pobre sir Charles era el mayor. El hermano mediano, padre de este Henry, murió joven. El tercero, Rodger, era la oveja negra de la familia. Salió a la poderosa rama de antaño de la familia y, por lo que me han contado, era clavadito al retrato que la familia conserva del Hugo Baskerville de la leyenda. Inglaterra se le quedó pequeña, se marchó a Centroamérica y murió allí en 1876 de fiebre amarilla. Henry es el último de los Baskerville. Dentro de una hora y cinco minutos me reuniré con él en la estación de Waterloo. He recibido un telegrama de él esta mañana en el que me decía que había llegado a Southampton. Dígame, señor Holmes, ¿qué debo hacer con él?

—¿Y por qué no debería establecerse en la tierra de sus antepasados?

—Parece lo más natural, ¿no es cierto? Pero debe usted tener presente que todos los miembros del linaje que lo hacen sufren un fatal destino. Estoy seguro de que, si sir Charles hubiese tenido oportunidad de hablar conmigo del tema antes de su muerte, me hubiese pedido que no llevara al último representante de la familia y heredero de una considerable fortuna a encontrarse con la muerte, en ese lugar. Pero tampoco podemos olvidar que la prosperidad de un lugar tan inhóspito y pobre como el páramo depende de su presencia allí. Todo el trabajo que sir Charles llevó a cabo se desmoronará si no hay ningún habitante en la mansión. Creo que estoy demasiado implicado en el asunto debido a mis propios intereses y es por esto por lo que he venido a consultarle a usted.

Holmes reflexionó durante unos instantes.

—Hablando claramente —dijo—, se trata de lo siguiente: usted cree que hay una presencia maligna en Dartmoor que resulta letal para cualquier Baskerville que pretenda instalarse allí, ¿no es así?

—Al menos puedo afirmar que hay ciertos indicios de que podría ser así.

—Exacto. Pero si su teoría sobre el ente sobrenatural es correcta, sería tan peligroso que ese joven se instalase en Devonshire como que lo hiciese en Londres. No resulta creíble un representante del Maligno que tenga sólo poderes locales, como si se tratase del sacristán de una parroquia.

—Me parece, señor Holmes, que se lo toma menos en serio de lo que se lo tomaría si hubiese tenido contacto directo con estas cosas. Si no le he entendido mal, usted dice que este caballero estará tan seguro en Londres como en Devonshire. Llega dentro de cincuenta minutos, ¿qué me aconseja que haga?

—Mi consejo es que tome un coche, recoja a ese *spaniel* que no deja de arañar la puerta de la calle y se reúna con sir Henry Baskerville en la estación de Waterloo.

—¿Y entonces?

—Y entonces no le dice nada de este asunto hasta que yo haya llegado a alguna conclusión.

—¿Cuánto tardará en eso?

—Unas veinticuatro horas. Le estaría muy agradecido si mañana a las diez en punto, doctor Mortimer, regresara usted aquí. Igualmente me ayudaría mucho en mis planes de futuro que trajese con usted a sir Henry Baskerville.

—Así lo haré, señor Holmes.

Anotó la cita en el puño de su camisa y salió a toda velocidad con su aire despistado y extraño, escudriñando todo a su alrededor. Holmes lo detuvo en el rellano de la escalera.

—Una cuestión más, doctor Mortimer. Ha dicho usted que antes de la muerte de sir Henry Baskerville varias personas vieron esta aparición por el páramo, ¿no es así?

—Tres personas la vieron.

—¿Alguien la vio después?

—No he tenido noticias de que así haya sido.

—Gracias. Buenos días.

Holmes regresó a su sillón con el aspecto relajado que una satisfacción interna le confería, lo que significaba que tenía en mente una labor que le satisfacía.

—¿Va a salir, Watson?

—Sí, salvo que pueda resultarle de ayuda que me quede aquí.

—No, mi querido amigo. Cuando llegue la hora de entrar en acción recurriré a usted. Todo esto es extraordinario, realmente único desde diversos puntos de vista. Cuando pase por delante de Bradley, ¿les dirá por favor que me envíen una pinta del tabaco de pipa más fuerte que tengan? Gracias. Sería estupendo que no regresase usted antes de la noche. Entonces me complacerá intercambiar impresiones con usted respecto a este interesante problema que nos han planteado esta mañana.

Sabía que mi amigo necesitaba soledad y aislamiento en estas horas de intensa concentración en las que sopesaba todos los datos, elaboraba distintas teorías y las confrontaba entre sí, ponderando qué aspectos eran relevantes y cuáles carecían de importancia. Por tanto, permanecí en mi club todo el día y no regresé a Baker Street hasta la noche. Eran casi las nueve cuando me encontré de nuevo en nuestra sala de estar.

Lo primero que pensé al abrir la puerta es que se había declarado un incendio en nuestras habitaciones, pues el humo era tan intenso allí dentro que hasta la luz de la lámpara aparecía borrosa. Al entrar, mis miedos se disiparon al darme cuenta de que el humo era irritante y se debía a un tabaco tan fuerte y tan áspero que se me agarró a la garganta y empecé a toser. Me pareció ver entre la bruma a Holmes embutido en su batín y encogido en el sillón, sosteniendo entre sus labios su pipa negra de barro. A su alrededor había varios papeles enrollados.

—¿Se ha resfriado, Watson? —preguntó.

—No, es esta atmósfera envenenada.

—Ahora que lo menciona, supongo que está bastante cargada.

—¡Cargada! Esto es insoportable.

—Abra la ventana, pues. Veo que ha pasado todo el día en el club.

—¡Querido Holmes!

—¿He acertado?

—Sí, pero ¿cómo...?

Se rio ante mi asombrada expresión.

—Su inocencia es deliciosa, Watson. Ello hace que disfrute enormemente ejercitando mis capacidades a su costa. Un caballero sale de casa en un día lluvioso con las calles llenas de barro. Regresa por la noche inmaculado y con las botas todavía lustrosas. Por tanto ha estado a cubierto todo el día. Este hombre no tiene amigos íntimos en la ciudad. ¿Dónde puede haber estado? ¿No resulta obvio?

—Bueno, sí, es bastante obvio.

—El mundo está lleno de cosas que son obvias y en las que nadie repara ni por casualidad. ¿Dónde cree que he estado yo?

—Aquí a cubierto también.

—En absoluto. He estado en Devonshire.

—¿En espíritu?

—Exacto. Mi cuerpo ha permanecido en este sillón y, por lo que veo, en mi ausencia ha consumido dos cafeteras completas y una enorme cantidad de tabaco. Nada más irse usted me dirigí a Standford en busca del mapa del servicio oficial de cartografía de esa zona del páramo y mi espíritu ha vagado por ella durante todo el día. Y puedo presumir de no haberme perdido.

—Un mapa a gran escala, supongo.

—Enorme. Imagino que el paseo de los tejos, aunque no aparece aquí señalado, debe extenderse a lo largo de esta línea, con el páramo, como puede ver, a su derecha. Este pequeño grupo de casas es Grimpen, donde nuestro amigo el doctor Mortimer ha establecido su cuartel general. Como puede ver, en un radio de cinco millas hay muy pocas residencias y muy alejadas unas de otras. Tenemos aquí la mansión Lafter que se mencionó en el relato. Aparece aquí una casa que puede ser la residencia del naturalista Stapleton, si no recuerdo mal su nombre. Hay dos granjas en el páramo: High Tor y Foulmire. Y a catorce millas, la prisión de Princetown. Entre estos puntos habitados y alrededor de ellos se extiende el páramo desolado y yermo. Este es el escenario en el que se ha desarrollado la tragedia y en el que es posible que tengamos que actuar nosotros.

—Debe ser un lugar inhóspito.

—Sí, la vida debe ser dura allí. Si el Diablo decidiera inmiscuirse en los asuntos de los hombres...

—Se inclina entonces usted por la explicación sobrenatural.

—Los agentes del Demonio pueden ser de carne y hueso, ¿no es así? De entrada debemos resolver dos cuestiones: en primer lugar, si ha habido algún crimen o no, y en segundo lugar, qué crimen exactamente se ha cometido y cómo. Si las suposiciones del doctor Mortimer fuesen correctas, nos estaríamos enfrentando a fuerzas de fuera de este mundo y la investigación llegaría a su fin. Debemos agotar todas las hipótesis restantes antes de recurrir a esa. Creo que deberíamos cerrar de nuevo la ventana, si no le importa. Es extraño, pero una atmósfera cargada me ayuda a concentrarme y pensar. No he llegado al extremo de tener que meterme dentro de una caja para pensar, pero así están las cosas. ¿Ha pensado en este asunto?

—Sí, he pensado bastante en ello a lo largo del día.

—¿Y qué opina?

—Es de lo más desconcertante.

—Sí, es muy particular. Tiene algunos puntos muy peculiares. El cambio en las huellas, por ejemplo. ¿Qué opina sobre esto?

—Mortimer dijo que ese hombre empezó a caminar de puntillas a lo largo de esa parte del paseo.

—Se limitó a repetir lo que algún idiota dijo durante la investigación. ¿Para qué demonios iba alguien a caminar de puntillas por ese paseo?

—¿Entonces qué?

—Ese hombre corría, corría desesperadamente para salvar su vida. Corrió hasta que le falló el corazón y cayó de bruces al suelo.

—Corría, ¿de qué?

—Ese es nuestro problema. Hay indicios de que el hombre estaba aterrorizado y fuera de sí cuando empezó a correr.

—¿Cómo puede afirmar algo así?

—Estoy suponiendo que lo que lo llenó de terror provenía del páramo. Si eso fue así, que es lo más probable, sólo un hombre que hubiese perdido la cabeza correría alejándose de la casa en vez de hacia ella. Si lo que afirmó el gitano es cierto, corrió dando gritos de socorro en la dirección en la que era menos probable que pudiera recibir ayuda. Además, ¿a quién esperaba esa noche y por qué lo hacía en el paseo en vez de dentro de la casa?

—¿Cree que estaba esperando a alguien?

—El hombre era de edad y estaba enfermo. Es comprensible que diera un paseo todas las noches, pero el terreno estaba demasiado húmedo y la noche era desapacible. ¿Le parece normal que permaneciera quieto durante diez minutos, como el doctor Mortimer, con más sentido común del que le hubiese atribuido, dedujo por la ceniza de cigarro que encontró?

—Pero salía todas las noches.

—No creo que sea probable que esperase en la puerta del páramo todas las noches. Tenemos, al contrario, pruebas de que evitaba el páramo. Y esa noche esperó allí. Era la noche previa a que saliese para Londres. La cosa empieza a tomar forma, Watson, empieza a ser coherente. ¿Le importaría pasarme mi violín, por favor? Pospondremos cualquier otra reflexión sobre este asunto hasta que tengamos el placer de reunirnos con el doctor Mortimer y sir Henry Baskerville por la mañana.

CAPÍTULO IV

Sir Henry Baskerville

Retiraron los restos de nuestro desayuno muy temprano y Holmes esperaba en batín la entrevista prevista. Nuestros clientes fueron puntuales a su cita, pues el reloj estaba dando las diez cuando el doctor Mortimer era conducido a nuestras habitaciones, seguido por el joven barón. Este último era un hombre de pequeña estatura, despierto, con los ojos oscuros, de unos treinta años, muy robusto, con gruesas cejas negras y una cara belicosa y fuerte. Llevaba un traje de *tweed* rojizo y tenía el aspecto de alguien que ha desarrollado gran parte de su vida al aire libre y ha sufrido las inclemencias del tiempo. A pesar de todo, había algo en su tranquila pose y en la firmeza de su mirada que indicaba que se trataba de un caballero.

—Este es sir Henry Baskerville —dijo el doctor Mortimer.

—Así es —asintió este— y lo raro, señor Sherlock Holmes, es que, si mi amigo no me hubiese sugerido venir a verlo a usted esta mañana, hubiese venido yo solo. Tengo entendido que ha estado usted reflexionando sobre nuestros pequeños misterios. A mí me ha sucedido otro esta mañana que escapa a mi capacidad de análisis.

—Le ruego que tome asiento, sir Henry. ¿Dice que algo misterioso le ha sucedido desde que llegó a Londres?

—No es nada importante, señor Holmes. Algo parecido a una broma. Se trata de esta carta, si es que puede llamarse así a esto, que he recibido esta mañana.

Dejó un sobre encima de la mesa, sobre el que nos inclinamos todos. Era de papel normal y grisáceo. El destinatario, «sir Henry Baskerville, hotel Northumberland», estaba escrito con caligrafía tosca y tenía el matasellos de la oficina de Charing Cross y fecha de la tarde anterior.

—¿Quién sabía que iba a alojarse en el hotel Northumberland? —preguntó Holmes mirando penetrantemente a nuestro visitante.

—Nadie podía haberlo sabido. Lo decidimos después de reunirnos.

—Pero, sin duda, el doctor Mortimer se alojaba en él.

—No, he estado en casa de un amigo —dijo el doctor Mortimer—. No había ningún indicio de que fuésemos a alojarnos en ese hotel.

—¡Vaya!, alguien está vivamente interesado en sus movimientos.

Sacó del sobre medio pliego de papel doblado en cuatro. Lo abrió y lo alisó sobre la mesa. En medio del papel aparecía una única frase que había sido compuesta recortando palabras de un periódico y pegándolas sobre el papel después. Decía: «Si aprecia su vida y su cordura, se mantendrá a distancia del páramo». «Páramo» era la única palabra que aparecía escrita a mano.

—Bien, señor Holmes —dijo sir Henry Baskerville—, tal vez pueda usted decirme qué rayos significa todo esto y quién tiene tanto interés en mis asuntos.

—¿Qué opina, doctor Mortimer? Reconocerá que no hay nada sobrenatural en esto.

—No señor. Pero podía provenir de alguien que esté convencido de que el asunto es de índole sobrenatural.

—¿Qué asunto? —preguntó sir Henry con brusquedad—. Me da la impresión, caballeros, de que saben ustedes más de mis asuntos que yo mismo.

—Compartiremos con usted todo lo que sabemos antes de que abandone esta habitación, sir Henry. Se lo prometo —dijo Sherlock Holmes—. De momento, y con su permiso, vamos a concentrarnos en este documento tan interesante que tuvo que componerse y enviarse ayer por la tarde. ¿Tiene el *Times* de ayer, Watson?

—Está en ese rincón.

—¿Le importa pasármelo, por favor? La página correspondiente al editorial —sus ojos recorrieron a toda velocidad el artículo, rastreando las columnas arriba y abajo—. Un artículo muy interesante sobre el libre comercio. Permítanme que les lea un fragmento. «Puede resultarle muy placentero imaginar que su negocio, del que está tan orgulloso, o su empresa, a la que tanto aprecia, van a recibir un estímulo mediante la aplicación de una tarifa especial. Pero si mantenemos la cordura y la cabeza sobre los hombros, resulta obvio que una legislación de ese tipo, a largo plazo, sólo mantendrá a distancia la riqueza de este país, se reducirá el valor de nuestras importaciones y, en definitiva, empeorarán las condiciones de vida de nuestra nación». ¿Qué le parece Watson? —exclamó Holmes frotándose las manos radiante de felicidad—. ¿No le parece formidable?

El doctor Mortimer escrutó a Holmes con interés profesional y sir Henry Baskerville giró hacia mí sus ojos oscuros genuinamente sorprendido.

—Mis conocimientos respecto a impuestos y cosas así dejan mucho que desear —dijo—, pero me da la impresión de que nos hemos alejado un poco de nuestro asunto, por lo que se refiere a la nota.

—Al contrario. Opino que nos hemos puesto sobre su rastro, sir Henry. Watson, aquí presente, conoce mejor mis métodos que ustedes. Pero me temo que él tampoco ve la relación con esta frase.

—Confieso que no veo conexión alguna.

—Y sin embargo, Watson, esta es muy profunda, pues la una procede del otro. «Su», «del», «se», «su», «aprecia», «cordura», «mantendrá a distancia». ¿No se dan cuenta de dónde han sacado estas palabras?

—¡Diablos, es cierto! ¡Qué astuto! —exclamó sir Henry.

—Y por si quedaba alguna duda, las palabras «mantendrá a distancia» en un único bloque.

—Caramba, es cierto.

—Realmente, Holmes, esto supera cualquiera de mis expectativas —dijo el doctor Mortimer, mirando francamente sorprendido a mi amigo—. Cualquiera podría haber afirmado que las palabras habían sido recortadas de un periódico, ¡pero saber de cuál y que se trataba del editorial es de lo más sorprendente que he visto jamás! ¿Cómo lo ha sabido?

—Supongo que es usted capaz de distinguir la calavera de un negro de la de un esquimal, doctor.

—¡Claro!

—¿Y cómo lo hace?

—Se trata de una afición especial. Las diferencias entre una y otra son obvias: la cresta supraorbital, el ángulo facial, la curva del maxilar, el...

—Esta es una de mis aficiones favoritas y para mí, las diferencias son igual de obvias. A mis ojos, la diferencia entre la distinguida y burguesa tipografía que utiliza el *Times* en sus artículos y el tipo de impresión desaliñada que se utiliza en cualquier periódico barato de la tarde es tan obvia como la que para usted existe entre los cráneos de un negro y un esquimal. Para un experto en criminología reconocer la tipografía de imprenta es una de las ramas básicas del conocimiento, aunque confieso que cuando era muy joven tomé al *Leeds Mercury* por el *Western Morning News*. Pero el tipo de letra que utiliza el *Times* en su editorial es inconfundible y estas palabras impresas no podrían haber sido sacadas de ningún otro sitio. Como la carta se compuso ayer, lo más probable es que se hubiese utilizado el periódico de ayer.

—Entonces, si le he comprendido bien, señor Holmes —dijo sir Henry Baskerville—, alguien tomó unas tijeras...

—Tijerillas de manicura —dijo Holmes—. Puede ver que se trataba de tijeras con la hoja muy corta. Necesitó dar más de un corte para conseguir recortar «mantendrá a distancia».

—Así es. Tenemos entonces que alguien recortó el mensaje con un par de tijerillas de hoja corta, lo pegó en este pliego con cola...

—Goma arábiga —corrigió Holmes.

—Con goma arábiga. ¿Pero por qué demonios escribió «páramo» con su puño y letra?

—Porque no fue capaz de encontrar esa palabra impresa. Las otras palabras son bastante corrientes y las habría encontrado en cualquier ejemplar, pero «páramo» no es tan habitual.

—Naturalmente, eso lo explica. ¿Ha descubierto algo más en este mensaje?

—Hay un detalle o dos más, aunque se han tomado grandes molestias en borrar cualquier pista. Si se dan cuenta, la dirección ha sido garabateada de cualquier manera. Pero es muy difícil que alguien que no haya recibido educación muy esmerada lea el *Times*. Podemos deducir que quien envió esta nota es un hombre refinado que intentaba hacerse pasar por alguien de un estrato social inferior. Y su intento de disimular su propia caligrafía sugiere que podría resultarle conocida ahora o en un futuro. Puede también observar que las palabras se han pegado sin respetar una horizontalidad estricta; algunas palabras quedan mucho más elevadas que otras. «Vida», por ejemplo, está totalmente fuera de sitio. Esto sugiere descuido o que quien lo hizo tenía muchísima prisa. Me inclino por la segunda hipótesis, pues sin duda se trata de algo importante y no creo que quien compuso esta nota desease hacerlo de cualquier manera. Si tenía tanta prisa podemos preguntarnos por qué; de haber enviado la carta esta mañana temprano, también la habría recibido usted antes de salir del hotel. ¿Temía ser interrumpido? ¿Y por quién?

—Parece que nos adentramos en el terreno de la adivinación —dijo el doctor Mortimer.

—Es mejor decir que nos adentramos en el terreno de la probabilidad, en el que tenemos que elegir la explicación más probable de las disponibles. Tenemos que utilizar la imaginación como hombres de ciencia, pero debemos tener una base especulativa de partida. Ustedes me dirán que es pura especulación, pero estoy seguro de que esta nota se preparó en un hotel.

—¿Cómo puede saber eso, por el amor de Dios?

—Si se fija en la nota con atención, verá que tanto la pluma como la tinta causaron problemas al autor. La pluma ha dejado una misma palabra entrecortada dos veces y se ha quedado sin tinta tres veces al escribir una dirección breve. Esto indica que en el tintero no quedaba casi tinta. Es muy raro que tanto la pluma como un tintero personal queden abandonados a este estado los dos a la vez. Pero es lo habitual en la pluma y tintero de un hotel, donde resulta difícil conseguir algo mejor. Me atrevo a sugerir que si examinamos las papeleras de los hoteles próximos a Charing Cross es muy probable que encontremos los restos mutilados del editorial del *Times* y podamos echarle el guante a quien envió este mensaje tan singular. ¡Vaya, vaya!, ¿qué tenemos aquí?

Examinaba cuidadosamente el pliego de papel donde se habían pegado las palabras, manteniéndolo a una o dos pulgadas de sus ojos.

—¿Y bien?

—Nada —respondió dejándolo caer—. Es medio pliego de papel en blanco que no tiene siquiera filigrana en él. Creo que hemos extraído de esta carta tan peculiar todo lo que tiene que contarnos.

Y ahora, sir Henry, ¿le ha sucedido algo más singular desde que está en Londres?

—Creo que no, señor Holmes.

—¿Le ha parecido que alguien lo observaba o lo seguía?

—Parece que me he metido de cabeza en una novela policíaca —dijo nuestro visitante—. ¿Para qué demonios iba alguien a seguirme o espiarme?

—Enseguida llegaremos a eso. ¿No tiene entonces nada más que contarme?

—Eso depende de lo que usted crea que merece la pena que le cuente.

—Cualquier cosa que escape de la rutina diaria.

Sir Henry sonrió.

—No conozco todavía el estilo de vida británico, pues he pasado gran parte de mi vida en Estados Unidos y Canadá, pero supongo que perder una bota no sea parte de las costumbres que tienen ustedes aquí.

—¿Ha perdido una bota?

—Querido señor mío —dijo el doctor Mortimer—, sólo la ha extraviado. La encontrará en cuanto regrese al hotel. ¿Qué sentido tiene molestar al señor Holmes con una tontería así?

—Él ha pedido cualquier cosa fuera de lo habitual.

—Exacto —dijo Holmes—, por estúpido que el incidente en cuestión parezca. Así que dice que ha perdido una bota.

—O la he extraviado de alguna manera. Dejé mis botas fuera de la habitación anoche y esta mañana sólo quedaba una. No pude averiguar nada del tipo que las limpia. Lo peor de todo es que las compré ayer por la tarde en el Strand y todavía no las he estrenado.

—Si no las había estrenado, ¿por qué decidió que las limpiaran?

—Eran botas de cuero y no habían sido engrasadas todavía. Por eso las dejé fuera de la habitación.

—Entonces, ¿llegó ayer a Londres y se fue a comprar unas botas?

—Realicé muchas compras junto con el doctor Mortimer. Verá, si voy a tener que ser un terrateniente, será mejor que vista como tal. Y hasta ahora, mientras vivía en Canadá, mi aspecto no me ha preocupado demasiado. Entre otras cosas, compré estas botas marrones que me costaron seis dólares y me las han robado antes de que pudiera estrenarlas.

—Resulta bastante inútil robar algo así —dijo Holmes—. Comparto la opinión del doctor Mortimer de que aparecerá en breve.

—Y ahora, señores —dijo el *baronet* con firmeza—, creo que hemos hablado ya más que de sobra de lo poco que yo sé. Ha llegado el momento de que cumpla su promesa y me ponga al corriente de lo que está pasando.

—Su petición es muy razonable —replicó Holmes—. Creo, doctor Mortimer, que lo mejor será que le cuente su historia tal como nos la contó a nosotros.

Animado de esta manera, nuestro amigo y hombre de ciencia sacó de su bolsillo el documento y explicó de nuevo la historia tal como lo había hecho con nosotros la mañana anterior. Sir Henry Baskerville le escuchó con atención extrema, dejando escapar de vez en cuando alguna exclamación de sorpresa.

—Parece entonces que he recibido toda una herencia —comentó cuando terminó el largo relato—. Naturalmente, conocía la historia del perro desde que estaba en la guardería. Es la historia favorita de la familia, aunque nunca me la he tomado muy en serio. Pero por lo que respecta a la muerte de mi tío... todo está demasiado confuso y no alcanzo a comprenderlo. Parece que usted tampoco tiene claro si debemos avisar a la policía o a un exorcista.

—Exactamente.

—Y ahora, además, tenemos este asunto de la carta que he recibido en mi hotel. Supongo que debe encajar en algún sitio.

—Parece demostrar que alguien sabe más que nosotros sobre lo que sucede en el páramo —dijo el doctor Mortimer.

—Indica, además, que esa persona no es un enemigo —intervino Holmes—, puesto que le avisa del peligro.

—También podría convenirle que me alejase de allí.

—Naturalmente, eso también es posible. Le debo mucho, doctor Mortimer, por haberme presentado un problema que presenta tantas y tan interesantes alternativas. Pero debemos tomar una decisión sobre una cuestión práctica, sir Henry: ¿es conveniente para usted o no instalarse en la mansión Baskerville?

—¿Por qué no debería ir?

—Parece que podría ser peligroso.

—¿Quiere decir peligroso debido a este viejo amigo de la familia o peligroso debido a seres humanos?

—Bueno, eso es lo que debemos averiguar.

—Señor Holmes, no hay demonio en el infierno ni hombre sobre la faz de la tierra que me impida instalarme en el hogar de mis antepasados. Y puede considerar esta como mi última palabra —habló con el ceño fruncido y con un tinte rojizo en el rostro. Era evidente que el último representante de los Baskerville no había perdido el fiero temperamento de la familia—. Mientras tanto —continuó—, pensaré sobre todo lo que acaban de contarme. No puede exigírsele a un hombre que escuche todo esto sentado y además tome una decisión así al instante. Desearía disfrutar de al menos una hora de tranquilidad conmigo mismo y aclarar mis ideas. Mire, señor Holmes, son las once y media y me vuelvo directamente al hotel. ¿Le parece bien que usted y su amigo el doctor Watson se reúnan con nosotros a eso de las dos y comamos juntos? Podré decirle con mayor claridad qué opino de todo esto.

—¿Le parece bien, Watson?

—Sí, perfectamente.

—En ese caso, allí estaremos. ¿Les pido un coche?

—Prefiero andar, la verdad. Todo este asunto me ha agitado enormemente.

—Será para mí un placer acompañarlo en su paseo —dijo su compañero.

—Nos encontraremos de nuevo a las dos. *Au revoir,* buenos días.

Escuchamos los pasos de nuestros visitantes al descender las escaleras y el golpe de la puerta de entrada al cerrarse. En un instante Holmes dejó su languidez atrás y se convirtió en un hombre de acción.

—Rápido, Watson, póngase las botas y el sombrero. ¡No tenemos ni un instante que perder!

Entró en su dormitorio envuelto en su batín y salió segundos después embutido en una levita. Corrimos escaleras abajo hasta la calle. Podíamos ver todavía al doctor Mortimer y sir Henry Baskerville a unas doscientas yardas de distancia, encaminándose hacia Oxford Street.

—¿Quiere que me adelante y los alcance?

—Por nada del mundo, Watson. Estoy perfectamente satisfecho con su compañía, si usted tolera la mía, claro. Nuestros amigos tienen mucha razón, ya que hace una mañana perfecta para pasear.

Apretó el paso hasta que redujimos nuestra distancia con ellos a la mitad. A partir de ese momento, mantuvimos una distancia fija de unas cien yardas, los seguimos por Oxford Street y a continuación por Regent Street. Nuestros amigos se detuvieron a mirar un escaparate y lo mismo hizo Holmes. Un momento después lanzó una exclamación de satisfacción. Al seguir su excitada mirada descubrí un hermoso carruaje con un ocupante que se había detenido en el otro extremo de la calle y arrancaba de nuevo, avanzando lentamente.

—Ese es nuestro hombre, Watson. ¡Venga conmigo! Por lo menos le echaremos una buena ojeada si no tenemos oportunidad de hacer nada más.

En ese momento pude ver una frondosa barba negra y un par de penetrantes ojos que se fijaron en nosotros a través de la ventanilla lateral del carruaje. Inmediatamente se abrió la trampilla superior del coche, gritó una orden al cochero y el carruaje salió disparado Regent Street abajo. Holmes miró en todas las direcciones desesperadamente en busca de otro coche, pero no había ninguno por allí. Se lanzó como loco entre el tráfico en persecución de nuestro carruaje. Pero era inútil: en unos instantes el coche desapareció de nuestra vista.

—¡Maldita sea! —exclamó Holmes amargamente, cuando regresó casi sin aliento y blanco de vergüenza de entre la riada de vehículos—. ¿Hubo jamás suerte más negra y una organización peor que esta? Watson, Watson, cuando escriba sobre mí deberá reflejar también, si es usted un hombre honesto, este fracaso mío.

—¿Quién era ese hombre?

—No tengo ni idea.

—¿Un espía?

—Bueno, por lo que hemos oído, alguien está muy interesado por conocer al dedillo los movimientos de este Baskerville desde su llegada a esta ciudad. ¿Cómo, si no, podrían haberse enterado con tanta rapidez de que se alojaba en el hotel Northumberland? Razoné que si le habían seguido el primer día, seguramente lo harían el segundo. Se habrá dado cuenta de que mientras el doctor Mortimer leía esa leyenda me he acercado dos veces a la ventana.

—Sí, lo recuerdo.

—Comprobaba si había algún merodeador en la calle, pero no vi a nadie. Tratamos con un hombre inteligente, Watson. Este asunto tiene muchas implicaciones y, aunque no termino de ver si quien se ha puesto en contacto con nosotros trabaja a nuestro favor o en nuestra contra, soy capaz de reconocer su capacidad y planificación. Cuando nuestros amigos se marcharon, los seguí al instante en espera de descubrir a su amigo invisible. Es tan astuto que no se arriesgó a ir a pie, sino que alquiló un coche, lo que le permitiría pegarse a ellos o adelantarlos a gran velocidad de manera que no lo descubriesen. Además, al elegir ese método contaba con una ventaja inmediata: si decidían tomar un coche, él estaba ya preparado para seguirlos. Aunque tiene también una gran desventaja.

—Le pone en manos del cochero.

—Efectivamente.

—¡Lástima que no hayamos tomado el número!

—Watson, por Dios, por muy torpe que yo haya demostrado ser hoy, no creerá que no he tomado la matrícula de ese coche. Nuestro hombre es el conductor del coche 2704. Pero eso no nos sirve de nada por ahora.

—No veo qué más podría haber hecho usted.

—Si al ver el coche hubiese dirigido mis pasos en cualquier otra dirección, podría haber tomado cualquier otro carruaje y haber seguido al primero a una prudente distancia. O mejor aún: podría haberme dirigido al hotel Northumberland y esperar allí. Cuando nuestro desconocido amigo hubiese llegado allí siguiendo a Baskerville, habríamos podido darle a probar su misma medicina y ver adónde se dirigía. Pero como nuestro adversario ha sido muy rápido aprovechándose de nuestro exceso de celo, nosotros mismos hemos metido la pata y hemos perdido a nuestro hombre.

Habíamos seguido caminando tranquilamente Regent Street abajo mientras conversábamos y hacía ya rato que habíamos perdido de vista al doctor Mortimer y a sir Henry.

—No tiene ningún sentido que los sigamos —dijo Holmes—. Su sombra los ha abandonado y no volverá. Veamos qué otros ases tenemos en la manga y juguémoslos con decisión. ¿Reconocería la cara de ese hombre si volviese a verla?

—Sólo la barba.

—Igual que yo. De lo que deduzco que probablemente es postiza. Un hombre tan inteligente y con una misión tan delicada que deja ver así su barba pretende sin duda esconder sus rasgos. Venga aquí, Watson.

Acababa de entrar en la oficina de envíos de nuestro distrito, donde fue calurosamente recibido por el encargado.

—Wilson, veo que no ha olvidado el asuntillo aquel en el que pude ayudarlo.

—En absoluto señor. Salvó usted mi reputación y posiblemente también mi vida.

—Mi querido amigo, exagera usted. Creo recordar que uno de sus muchachos, un tal Cartwright, demostró ser especialmente hábil en aquel caso.

—Sí, señor; todavía trabaja para mí.

—¿Podría llamarlo, por favor? Gracias. Necesito cambio de este billete de cinco libras.

Un muchacho de unos quince años apareció a la llamada del dueño del negocio. Tenía una cara inteligente y despierta. Miraba con admiración al famoso detective.

—Déjenme el directorio de hoteles —dijo Holmes—. ¡Gracias! Escucha, Cartwright: estos son los veintitrés hoteles que existen en las proximidades de Charing Cross. ¿Lo ves?

—Sí, señor.

—Irás a cada uno de ellos.

—Sí, señor.

—Empezarás por dar un chelín a cada uno de sus porteros. Aquí tienes veintitrés.

—Sí, señor.

—Les dirás que se ha perdido un telegrama importante, que lo estás buscando y que necesitas ver los papeles que se tiraron ayer. ¿Has entendido?

—Sí, señor.

—Lo que buscas en realidad es una página central del *Times* de ayer en la que se han practicado varios agujeros con tijeras. Este es el ejemplar del *Times*. Es esta página. Podrás reconocerla fácilmente, ¿no es así?

—Sí, señor.

—En todos los casos, el portero de la entrada principal llamará al conserje, a quien también darás un chelín. Aquí tienes otros veintitrés chelines. En unos veinte casos de los veintitrés posibles te dirán que ya han quemado los papeles de ayer o se han deshecho de ellos. En los casos restantes te conducirán a una montaña de papeles entre la que debes buscar la página del *Times* que te he enseñado. Es prácticamente imposible que des con ella. Te doy otros diez chelines para cualquier eventualidad. Envíame por telegrama un informe a Baker Street antes de que se haga de noche. Y ahora, Watson, lo único que nos queda por hacer es poner un telegrama para averiguar la identidad del cochero 2704 y a continuación dejarnos caer por la galería de arte de Bond Street y pasar allí el rato hasta que llegue el momento de ir a nuestra cita en el hotel.

CAPÍTULO V

Tres cabos sueltos

Una de las características más impresionantes de Sherlock Holmes era la asombrosa capacidad que tenía para separar las cosas en su cabeza. Durante las dos horas siguientes pareció haberse olvidado del extraño asunto en el que estábamos envueltos y permaneció concentrado en las pinturas de los modernos maestros belgas. En nuestro trayecto de la galería al hotel Northumberland habló sólo de arte, sobre el que tenía unas ideas muy personales.

—Sir Henry Baskerville los espera en su habitación, señores —nos dijo el recepcionista—. Me pidió que les llevara de inmediato allí en cuanto ustedes llegasen.

—¿Le importa que eche una ojeada al libro de huéspedes? —preguntó Holmes.

—En absoluto.

En el libro de huéspedes aparecían dos entradas posteriores al nombre de Baskerville. Uno de los nombres era Theophilus Johnson y familia, de Newcastle. El otro correspondía a la señora Oldmore y doncella, de High Lodge, Alton.

—Debe tratarse sin duda de mi viejo conocido Johnson —dijo Holmes al recepcionista—. Abogado, ¿no es cierto?, con el cabello grisáceo y una ligera cojera.

—No, señor. Este Johnson es el propietario de una mina de carbón, un caballero muy activo y no mayor que usted.

—¿Está seguro de que no se confunde respecto a su ocupación?

—No, señor. Lleva años alojándose en este hotel y es bien conocido en esta casa.

—En ese caso, no tengo más que decir. Y también la señora Oldmore; el nombre me resulta familiar. Perdone mi curiosidad, pero más de una vez al visitar a un amigo me he encontrado con otro.

—Es una dama inválida, señor. Su marido fue alcalde de Gloucester. Siempre se aloja con nosotros cuando viene a la ciudad.

—Gracias. Creo que no les conozco. Acabamos de descubrir algo muy importante, Watson —me dijo en voz baja mientras subíamos juntos las escaleras—. Ahora sabemos que las personas que están tan interesadas en nuestro amigo no se han hospedado en el mismo hotel que él. Eso significa que, a pesar de lo ansiosos que están por no perderlo de vista, están igualmente ansiosos por no ser descubiertos. Eso es un dato muy indicador.

—Indicador de qué.

—Indica que... ¡demonios! ¿Qué pasa ahora?

Al terminar de subir el tramo de escaleras y girar en el rellano nos topamos con sir Henry Baskerville en persona. Tenía la cara congestionada por la ira y sostenía una vieja bota polvorienta en una mano. Estaba tan furioso que casi no podía ni articular palabra y, cuando comenzó a hablar, lo hizo en un dialecto americano mucho más cerrado y de manera bastante más ruda de lo que le habíamos escuchado esa mañana.

—¡Parece que en este hotel me toman por imbécil! —gritó—. Voy a tener que demostrarles que le toman el pelo al hombre equivocado, como no se anden con cuidado. ¡Por todos los demonios! Como ese tipo no encuentre mi bota, va a saber lo que son problemas. Puedo aceptar una broma, señor Holmes, pero acaban de pasarse de la raya.

—¿Sigue buscando su bota?

—Sí. Y tengo intención de dar con ella.

—Pero dijo usted que se trataba de una bota nueva de color marrón.

—Naturalmente que lo era, caballero. Y ahora hay que sumarle esta vieja bota negra.

—¿Cómo? ¿Quiere decir...?

—Sí, señor, eso es lo que quiero decir. Solo tengo tres pares de zapatos: las botas nuevas de color marrón, las viejas de color negro y las de charol que llevo puestas ahora mismo. Anoche se llevaron una de las marrones y hoy me han birlado una de las negras. Y bien, ¿la tiene? ¡Hable de una vez hombre, y no se quede ahí como un pasmarote!

Un nervioso mozo alemán acababa de hacer aparición en escena.

—No, señor. He preguntado y buscado por todo el hotel, pero no he podido dar con ella.

—Muy bien. O la bota aparece antes de que se ponga el sol o le comunicaré al gerente que abandono el hotel de inmediato.

—La encontraremos, señor. Le ruego que tenga un poco de paciencia y verá como aparece. Se lo prometo.

—Más te vale. Te advierto que es lo último que pierdo en esta cueva de ladrones. En fin, señor Holmes, lamento importunarle con esta pequeña trifulca.

—Creo que es una trifulca justificada.

—Parece tomárselo muy en serio.

—¿Cómo explica este hecho?

—No sé cómo rayos explicarlo. Para mí es lo más absurdo y raro que me ha pasado en la vida.

—Lo más raro quizá —dijo Holmes pensativamente.

—¿Qué opina usted?

—Bueno, no termino de entenderlo del todo. Este problema suyo es muy complejo, sir Henry. Si a él le añadimos la muerte de su tío, dudo que en los quinientos casos de importancia a los que me he enfrentado haya ninguno con implicaciones tan profundas. Tenemos en nuestras manos varios cabos que seguir y lo más probable es que alguno de ellos nos conduzca a la verdad. Es posible que perdamos el tiempo siguiendo la pista equivocada, pero antes o después llegaremos a la solución.

Disfrutamos de una agradable comida en la que apenas se mencionó el hecho por el que habíamos entablado relación. No fue hasta que esta terminó cuando en la sala de estar privada de sir Charles, Holmes le preguntó a sir Henry acerca de sus planes.

—Ir a la mansión Baskerville.

—¿Cuándo?

—A finales de esta semana.

—Creo que, en general —dijo Holmes—, su decisión es la más acertada. Tengo pruebas más que sobradas para afirmar que alguien sigue sus pasos en Londres, y en esta ciudad tan llena de gente es difícil saber de quién se trata y con qué intención lo hace. Si tienen malas intenciones, es posible que intenten causarle algún mal y no podríamos evitarlo. ¿Sabía, doctor Mortimer, que esta mañana les han seguido desde mi casa?

El doctor Mortimer estalló violentamente:

—¡Nos han seguido! ¿Quién?

—Eso, por desgracia, no puedo decírselo. ¿Alguno de sus amigos o conocidos en Dartmoor tiene una espesa barba negra?

—No. Bueno, déjeme pensar. Sí, Barrymore, el mayordomo de sir Charles tiene una barba negra y espesa.

—Ajá. ¿Y dónde está ese Barrymore?

—A cargo de la mansión.

—Deberíamos comprobar si efectivamente está allí o si es posible que esté en Londres.

—¿Cómo va a conseguir algo así?

—Páseme un papel para telegramas. «¿Está todo preparado para recibir a sir Henry?». Esto bastará. Destinatario: señor Barrymore, mansión Baskerville. ¿Cuál es la oficina de telégrafos más cercana? Grimpen. Muy bien, enviaremos un segundo telegrama al jefe de la oficina de correos de Grimpen: «Entregar telegrama dirigido al señor Barrymore en propia mano. Si ausente, comuníquelo por favor a sir Henry Baskerville, hotel Northumberland». Con esto deberíamos saber antes de la noche si efectivamente Barrymore está en su puesto en Devonshire o no.

—Así es —dijo Baskerville—. Por cierto, doctor Mortimer, ¿quién es este Barrymore?

—Es el hijo del antiguo guarda, ya fallecido. Su familia lleva cuatro generaciones ocupándose de la mansión Baskerville. Por lo que sé, él y su mujer son una pareja tan respetable como cualquier otra del condado.

—Y al mismo tiempo —dijo Baskerville— resulta obvio que mientras nadie ocupe la mansión ellos tienen un buen hogar y nada que hacer.

—Eso es cierto.

—¿Recibió Barrymore algún legado en el testamento de sir Charles? —preguntó Holmes.

—Tanto él como su mujer recibieron quinientas libras.

—¡Vaya! ¿Sabían que recibirían esa cantidad?

—Sí, a sir Charles le gustaba mucho hablar de lo que había dejado dispuesto en su testamento.

—Eso es muy interesante.

—Espero —dijo el doctor Mortimer— que no desconfíe de todos los que heredaron algo en virtud del testamento de sir Charles. Yo mismo recibí mil libras.

—Caramba. ¿Alguien más?

—Muchas personas recibieron sumas no muy altas de dinero, al igual que muchísimas organizaciones de caridad. Todo lo que quedó lo ha recibido sir Henry.

—¿Y a cuánto asciende el resto?

—A setecientas cuarenta mil libras.

Holmes arqueó sorprendido las cejas.

—No imaginaba que se trataba de una cifra tan enorme —dijo.

—Sir Charles tenía fama de ser un hombre muy rico, pero no supimos la gran fortuna que poseía hasta que abrimos su caja fuerte. El valor total de su patrimonio era de casi un millón de libras esterlinas.

—¡Dios mío! Esa suma haría que casi cualquier hombre se arriesgase a cometer una locura por conseguirla. Otra pregunta, doctor Mortimer. Supongamos que, perdónenme por hacer una hipótesis tan desagradable, algo le sucediese a sir Henry: ¿quién heredaría los bienes?

—Como sir Rodger Baskerville, el hermano menor de sir Charles, murió soltero, el patrimonio iría a parar a los Desmond, unos primos lejanos. James Desmond es un sacerdote ya anciano que vive en Westmorland.

—Gracias. Todos estos datos son muy interesantes. ¿Conoce al señor James Desmond?

—Sí; visitó a sir Charles en una ocasión. Es un hombre de apariencia venerable y que lleva una vida de santidad. Declinó recibir ningún dinero de sir Charles, a pesar de que este insistió en ello.

—¿Y este hombre de vida tan austera sería el heredero de tal fortuna?

—Sería el heredero de los bienes inmuebles, porque así está dispuesto. Heredaría además el dinero, salvo que el actual propietario dispusiese lo contrario en su testamento. Por supuesto, este último puede hacer lo que estime oportuno.

—¿Ha hecho ya testamento, sir Henry?

—No, señor Holmes. Todavía no he tenido tiempo. Hasta ayer no supe cómo estaban las cosas por aquí. En cualquier caso, opino que quien herede las propiedades debe, asimismo, recibir el dinero. Esa era también la opinión de mi pobre tío. ¿Cómo podría el propietario de la mansión devolverle su antiguo esplendor si carece del dinero con el que hacerlo? La mansión, las tierras y el dinero deben ir en el mismo lote.

—Tiene razón. Creo que debería marchar usted hacia Devonshire lo antes posible. Pero me veo en la obligación de hacerle una recomendación: no debe ir solo.

—El doctor Mortimer viene conmigo.

—El doctor Mortimer debe hacerse cargo de su consulta y además su residencia está a millas de la suya. Por mucho que quisiera, no estará en condiciones de ayudarlo. No, sir Henry; debe acompañarlo alguien de confianza que permanezca en todo momento a su lado.

—¿Podría venir usted mismo, señor Holmes?

—En caso de que se produjera una crisis haría lo imposible por acudir en persona. Pero debe usted comprender que mi profesión me impide ausentarme de Londres por tiempo indefinido, pues los asuntos que llegan hasta mí proceden de cualquier parte del mundo. En estos momentos, una de las personalidades más conocidas de Inglaterra está siendo víctima de chantaje y sólo yo puedo impedir que salte el escándalo. Así pues, verá que me resulta del todo imposible acompañarlo a Dartmoor.

—¿Y qué me aconseja, entonces?

Holmes puso una mano sobre mi brazo.

—Si mi amigo estuviese dispuesto a ir con usted, él es el hombre a quien hay que tener al lado en una situación difícil. Nadie mejor que yo lo sabe.

Esta propuesta me tomó completamente por sorpresa, pero antes de que pudiese contestar, Baskerville estrechaba efusivamente mi mano.

—Es muy amable por su parte, doctor Watson —dijo—. Usted ya me conoce y sabe tanto de este asunto como yo mismo. Si se instalara conmigo en la mansión Baskerville hasta que esto termine, jamás lo olvidaría.

Siempre me ha fascinado tener una aventura en perspectiva. Y tanto las palabras de Holmes como la reacción del joven barón al saberme su compañero me habían halagado profundamente.

—Será un placer acompañarlo —dije—. No se me ocurre nada mejor en lo que ocupar mi tiempo.

—Además me informará a mí con todo detalle —dijo Holmes—. Cuando se desate una crisis, cosa que sucederá, le diré lo que debe hacer. ¿Podrán tener todo dispuesto para salir el sábado?

—¿Le vendrá bien al doctor Watson?

—Perfectamente.

—En ese caso, salvo que avisemos de lo contrario, nos encontraremos en el tren de las 10:30 con destino a Paddington.

Nos habíamos levantado para despedirnos cuando Baskerville lanzó un grito de alegría. Se agachó y sacó una bota marrón de debajo de un armario situado en una esquina de la habitación.

—¡La bota que perdí!

—Ojalá todos nuestros problemas se resolvieran así —dijo Holmes.

—Esto es muy raro —comentó el doctor Mortimer—. Registré cuidadosamente toda la habitación antes de bajar a comer.

—Y yo también: centímetro a centímetro.

—En ese caso, seguramente el mozo la colocó ahí mientras comíamos.

Llamamos al alemán, que juró no saber nada del asunto, y no conseguimos aclarar lo sucedido. De esta manera aumentamos algo más la cadena de pequeños misterios sin resolver, aparentemente sin sentido, que crecía velozmente. Excluyendo la sombría muerte de sir Charles, en dos días habíamos vivido una sucesión de pequeños incidentes entre los que se incluían la recepción de la nota anónima, el misterioso espía del coche de caballos, el extravío de la bota marrón nueva, el extravío de la bota vieja de color negro y ahora la reaparición de la de color marrón. Holmes permaneció sentado en silencio durante todo el trayecto de regreso a Baker Street. Su ceño fruncido y su expresión concentrada me indicaban que estaba pensando intensamente, como yo también lo hacía, intentando concebir una hipótesis en la que encajasen todos los hechos aparentemente inconexos de los que habíamos tenido noticia. Permaneció toda la tarde y parte de la noche fumando sin parar y perdido en sus pensamientos.

Justo antes de la cena, recibimos dos telegramas. El primero decía:

«Acabo de saber que Barrymore está en la mansión.
BASKERVILLE».

Y el segundo:

«He estado en los veintitrés hoteles y no he encontrado la página recortada. Lo siento – CARTWRIGHT».

—Acabo de perder dos de mis cabos por los que desenmarañar el ovillo. No hay nada más estimulante a la hora de resolver un problema que el que todo se ponga en contra de uno. Debemos buscar otro rastro que seguir.

—Todavía nos queda el cochero que condujo el coche del espía.

—Exacto. He mandado un telegrama al Registro Oficial preguntando el nombre y dirección de ese hombre. No me sorprendería que ese timbrazo en la puerta fuese la respuesta a mis preguntas.

La llamada resultó ser algo todavía más satisfactorio, pues al abrirse la puerta apareció un tipo de aspecto duro que era, evidentemente, el cochero en persona.

—He recibido un mensaje de mis jefes en el que me decían que andaba usted preguntando por el cochero 2704 —dijo el hombre—. Hace siete años que conduzco un coche de caballos y jamás he recibido ninguna queja. He venido directamente de la cochera a preguntarle a usted cara a cara qué queja tiene de mí.

—No tengo ni la menor queja sobre usted, buen hombre —repuso Holmes—. Al contrario: tengo medio soberano para usted si responde con claridad a mis preguntas.

—Bien, he tenido un buen día y sin ningún problema —dijo el cochero con una amplia sonrisa—. ¿Qué es lo que desea saber?

—En primer lugar, deseo saber su nombre y dirección por si necesito localizarlo de nuevo.

—John Clayton, Turpey Street número 3, Borough. Guardo mi coche en las cocheras Shipley, cerca de la estación Waterloo.

Sherlock Holmes tomó nota de ello.

—Y ahora, Clayton, cuénteme lo que sepa del pasajero al que trajo a vigilar esta casa a las diez de la mañana del día de hoy y con el que siguió a dos caballeros más tarde a lo largo de Regent Street.

El hombre pareció algo violento.

—La verdad es que no sé qué sentido tiene que yo se lo cuente: usted parece saber más que yo —contestó—. Ese caballero me dijo que era detective y que no debía contarle nada a nadie.

—Amigo mío, este es un asunto muy serio y podría usted verse en una situación comprometida si intenta ocultarme algo. ¿Le dijo que era detective?

—Así es.

—¿Cuándo se lo dijo?

—Al bajarse del coche.

—¿Le dijo algo más?

—Su nombre.

Holmes me dirigió una mirada triunfante.

—¡Vaya!, le dijo su nombre. Eso es un poco imprudente. ¿Cómo le dijo que se llamaba?

—Me dijo que se llamaba —respondió el cochero— Sherlock Holmes.

Nunca vi a Holmes tan hundido como al oír la respuesta del cochero. Durante unos instantes la sorpresa le impidió responder. Y entonces rompió a reír a carcajadas.

—Este hombre desde luego tiene algo, tiene algo —dijo Holmes—. Creo que me he topado con un adversario tan ágil y rápido como yo mismo. Ha sabido darme esquinazo. ¿Así que su nombre es Sherlock Holmes?

—Sí, ese era el nombre del caballero.

—Excelente. Cuénteme, pues, dónde recogió al caballero y lo que sucedió después.

—Subió a mi coche a las nueve y media en Trafalgar Square. Me dijo que era detective y que me daría dos guineas si estaba a su disposición todo el día, seguía sus órdenes y no hacía preguntas. Me pareció bien y acepté. En primer lugar nos dirigimos al hotel Northumberland y esperamos hasta que salieron dos caballeros que montaron en uno de los coches que aguardaban en fila. Los seguimos hasta que su carruaje se detuvo cerca de aquí.

—Se detuvo a la puerta de este edificio —dijo Holmes.

—Eso no podría asegurárselo, pero diría que mi pasajero sí lo sabía. Avanzamos algo calle abajo y esperamos durante una hora y media. Entonces los caballeros pasaron caminando por nuestro lado y les seguimos a lo largo de todo Baker Street...

—Lo sé —dijo Holmes.

—Cuando llegamos a la tercera manzana de Regent Street, el caballero abrió la trampilla y me ordenó que lo llevara de inmediato a la estación Waterloo. Fustigué a la yegua y llegamos a destino en menos de diez minutos. Me pagó las dos guineas, como me había prometido, y se metió en la estación. Cuando se alejaba se volvió hacia mí y me dijo: «Puede que le interese saber que Sherlock Holmes ha sido su pasajero hoy». Así supe su nombre.

—Entiendo. ¿No ha vuelto a verlo?

—No desde que se metió en la estación.

—¿Cómo describiría al señor Sherlock Holmes?

El cochero se rascó la cabeza.

—No es un hombre fácil de describir. Debe tener unos cuarenta años, de mediana estatura, dos o tres pulgadas más bajo que usted. Vestía muy encopetado, tenía el rostro más bien pálido y llevaba barba negra cuadrada en su extremo inferior. No creo que pueda añadir nada más.

—¿Color de ojos?

—Ni idea.

—¿Recuerda algo más?

—No, señor, nada más.

—En ese caso aquí tiene su medio soberano. Y otro medio le espera si puede proporcionarme más información. Buenas noches.

—Buenas noches, señor, y gracias.

John Clayton se marchó riéndose entre dientes y Sherlock Holmes me miró encogiéndose de hombros y mostrando una sonrisa compungida.

—Y así desaparece mi tercer cabo. Estamos en el punto de partida —dijo—. ¡El muy astuto! Sabía dónde vivimos, sabía que sir Henry Baskerville vendría a consultarme, descubrió quién era yo y, como se dio cuenta de que tomaría el número del coche y lo buscaría, nos ha hecho llegar su mensaje. En esta ocasión nos batimos con un contrincante digno de nuestro acero. En Londres me ha dado jaque mate. Sólo puedo desearle a usted suerte en Devonshire, pero no las tengo todas conmigo.

—¿Sobre qué?

—Sobre enviarle a usted allí. Este asunto es peligroso. Y cuanto más avanzo en él, más peligroso me parece y menos me gusta. Ríase todo lo que quiera, querido amigo, pero le doy mi palabra de que no estaré tranquilo hasta que no lo tenga conmigo de regreso, sano y salvo, en Baker Street.

CAPÍTULO VI

La mansión de los Baskerville

Sir Henry Baskerville y el doctor Mortimer tenían todo preparado en la fecha acordada y, como habíamos planeado, salimos hacia Devonshire. Sherlock Holmes me acompañó a la estación y, antes de nuestra partida, me dio sus últimos consejos y recomendaciones.

—No contaminaré su mente llenándola de sospechas y teorías, Watson —dijo—. Lo que espero de usted son informes completos y precisos. Deje que yo me encargue de elaborar teorías.

—¿Qué clase de cosas son las que le interesan?

—Cualquier cosa que tenga relación, por remota que parezca, con nuestro caso. En especial me interesan las relaciones del joven Baskerville con sus vecinos o cualquier nuevo detalle sobre la muerte de sir Charles. En los últimos días he estado haciendo algunas averiguaciones y me temo que los resultados no arrojan mucha luz sobre el caso. Lo único que parece seguro es que el señor James Desmond, el siguiente heredero, es un anciano caballero de naturaleza afable; así que no es él el responsable de esta persecución. Estoy seguro de que podemos olvidarnos de él. Pero debemos tener en cuenta a quienes viven con sir Henry Baskerville en el páramo.

—¿No sería conveniente despedir al matrimonio Barrymore antes de nada?

—En absoluto; no podría cometer usted mayor error. Si son inocentes, cometería usted una gran injusticia con ellos, y si son culpables no habría forma de probarlo. No, no; permanecerán en nuestra lista de sospechosos. Tenemos también a un mozo en la mansión, si no recuerdo mal. Tenemos además a dos granjeros, nuestro amigo el doctor Mortimer, quien yo creo que es enteramente de fiar, y su esposa, de quien no sabemos absolutamente nada. También tenemos al naturalista Stapleton. Y a su hermana, que parece ser una joven dama muy atractiva. También al señor Frankland de la mansión Lafter, de quien tampoco sabemos nada, y un vecino o dos más. Ellos son su material de estudio.

—Lo haré lo mejor que sepa.

—Llevará con usted algún arma, supongo.

—Sí, me pareció conveniente traerlas conmigo.

—Ha hecho bien. Tenga su revólver a mano noche y día y no baje nunca la guardia.

Nuestros amigos habían hecho reservas en un vagón de primera clase y nos esperaban en el andén.

—No hemos sabido nada nuevo —dijo el doctor Mortimer en respuesta a las preguntas formuladas por Holmes—. Lo único que puedo asegurar es que nadie nos ha seguido en los dos últimos días. Hemos estado alerta y no se nos hubiese escapado algo así.

—Habrán permanecido juntos en todo momento, supongo.

—Excepto ayer por la tarde. Siempre que vengo a Londres reservo un día para el esparcimiento y pasé la tarde de ayer en el museo de la Universidad de Medicina.

—Y yo estuve dando un paseo por el parque, viendo a la gente —dijo Baskerville—. Pero no tuve ningún problema.

—Fue muy imprudente por su parte —contestó Holmes sacudiendo la cabeza muy serio—. Le ruego, señor Baskerville, que no vaya nunca solo. Podría sucederle cualquier desgracia. ¿Recuperó la segunda bota?

—No, desapareció para siempre.

—Efectivamente. Resulta muy interesante. Bien, adiós —añadió, mientras el tren se ponía en marcha—. Tenga siempre presente, sir Henry, una de las frases que se dice en la inquietante y vieja leyenda que el doctor Mortimer nos leyó y evite el páramo cuando la oscuridad protege a las fuerzas del mal.

Miré de nuevo al andén, cuando ya lo habíamos dejado atrás. Allí vi, de pie, la alta y austera figura de Sherlock Holmes, quieto y con la mirada fija en nuestra partida.

El viaje fue rápido y muy agradable. Lo empleé en conocer mejor a mis dos compañeros y en jugar con el *spaniel* del doctor Mortimer. En pocas horas la tierra pardusca adquirió una tonalidad rojiza, los ladrillos se transformaron en bloques de granito y empezamos a ver vacas de color casi rojo pastando en campos con buenos cercados. Los pastos eran abundantes y la vegetación exuberante, lo que daba muestras de un clima mucho más propicio. El joven Baskerville miraba con mucha atención por la ventanilla y dejó escapar alguna exclamación de júbilo al reconocer el paisaje característico de Devon.

—He dado muchas vueltas por el mundo desde que me marché de aquí, doctor Watson —dijo—, pero nunca he encontrado un lugar comparable a este.

—Y yo jamás he conocido a un hombre de Devonshire que no amara su tierra —le contesté.

—Depende no sólo de la tierra, sino también de la raza del hombre en cuestión —dijo el doctor Mortimer—. Si echa una ojeada al cráneo de nuestro amigo, podrá ver que tiene la curvatura de los cráneos celtas. Eso hace que lleve en su interior el entusiasmo celta y la sensación de pertenencia a un lugar. La cabeza del desdichado sir Charles era de un tipo muy poco frecuente, medio gaélica, pero con rasgos típicos de los irlandeses. Pero era usted muy joven cuando se marchó de aquí, ¿no es así?

—Era un adolescente cuando mi padre falleció. Jamás vi la mansión, pues mi padre vivía en una granja próxima a la costa del sur. De ahí marché directamente a casa de un amigo en América. Esto es tan nuevo para mí como puede serlo para el doctor Watson, ya le digo. Y estoy ansioso por ver el páramo.

—¿En serio? En ese caso su deseo es fácil de satisfacer. Ahí tiene una primera vista del páramo —dijo, señalando la ventanilla de nuestro vagón.

Sobre el damero verde de los campos de cultivo y el perfil curvilíneo de un bosque, se elevaba a lo lejos una colina gris y melancólica, rematada por una extraña cumbre cortada a serrucho. En la distancia aparecía borrosa y vaga, como un misterioso paisaje producto de un sueño. Durante mucho tiempo Baskerville permaneció sentado, inmóvil, con los ojos fijos en el páramo, y pude ver en la expresión de su cara lo mucho que significaba para él ver por primera vez aquel lugar sobre el que sus antepasados habían ejercido durante tanto tiempo su señorío, y sobre el que habían dejado una huella tan profunda. Estaba allí, sentado en el interior de un vulgar vagón de tren, con su traje de *tweed* y su acento americano, y a pesar de ello, al mirar su rostro de piel morena pude ver en sus expresivas facciones a un auténtico descendiente de aquel linaje de orgullosos, feroces y poderosos hombres. Sus gruesas cejas, su delicada nariz y sus grandes ojos castaños revelaban el orgullo, valor y fuerza de su propietario. Si en aquel páramo maldito íbamos a encontrarnos con un difícil y peligroso desafío, en él encontraría sin duda un compañero con quien afrontar cualquier riesgo, con la certeza de que estaría dispuesto a enfrentarse a él con valor.

El tren se detuvo en una pequeña estación secundaria y descendimos de él. Fuera de la estación, más allá de una valla blanca de escasa altura, nos esperaba un coche tirado por dos jacas. Nuestra llegada suponía, sin duda, todo un evento, pues el jefe de la estación y todos los mozos se apiñaron a nuestro alrededor para llevar nuestro equipaje. Era un pequeño y sencillo pueblecito en el campo y me sorprendió ver apostados a la puerta de la estación a dos guardias vestidos con un uniforme oscuro. Al pasar por su lado nos miraron fijamente mientras sostenían con fuerza sus carabinas. El cochero, hombre de baja estatura, nudoso, de cara pétrea, saludó a sir Henry Baskerville y pocos minutos después avanzábamos a gran velocidad a lo largo de un ancho camino de color blanco. Campos de pastos flanqueaban nuestro camino y viejas casas con tejados a dos aguas se asomaban por entre el tupido follaje verde; pero más allá de la soleada y tranquila campiña se elevaba claramente el páramo. Su larga y curvilínea silueta se recortaba claramente, sombría y sólo interrumpida por siniestras y dentadas colinas, contra el cielo vespertino.

El coche se desvió por un camino secundario y comenzamos a ascender siguiendo la curvatura de un camino de cierta profundidad y ya destrozado por el continuo pasar de ruedas. A ambos lados se elevaba un terreno cuajado de musgo, cargado de humedad y frondosos helechos. Bajo la luz de un sol que comenzaba a descender, resplandecían los helechos de color dorado y las zarzamoras llenas de frutos. Seguíamos subiendo de manera continua; atravesamos un estrecho puente de granito y bordeamos un arroyo de aguas ruidosas que discurrían veloces curso abajo, formando espuma y estruendo entre las grandes rocas grises que la erosión había pulido y suavizado. El arroyo y el camino parecían cicatrices que surcaban un valle cuajado de maleza, robles y abetos. A cada momento, Baskerville dejaba escapar una exclamación de admiración. No dejaba de mirar atentamente a su alrededor ni de formular innumerables preguntas. Todo le parecía hermoso, pero en mi opinión una capa de melancolía cubría todo el paisaje, que mostraba los signos evidentes de que el año tocaba a su fin. Hojas amarillas alfombraban los caminos y caían sobre nosotros a nuestro paso. La vegetación en descomposición que cubría el terreno enmudecía el traqueteo de las ruedas de nuestro carruaje. Me daba la impresión de que los presentes que la naturaleza ofrecía en señal de bienvenida, a los pies del carruaje del heredero de los Baskerville, eran algo pobres.

—¡Eh!, ¿qué ocurre? —exclamó el doctor Mortimer.

Teníamos enfrente de nosotros una escarpada curva cubierta de brezo, una estribación del páramo. En la cumbre, bien visible y firme, como si fuese una estatua ecuestre sobre su pedestal, podía verse un soldado a caballo. Oscuro y severo, tenía el fusil preparado sobre su antebrazo y vigilaba la carretera por la cual avanzábamos.

—¿Qué ocurre, Perkins? —preguntó el doctor Mortimer.

Nuestro cochero se giró un poco en su asiento.

—Se ha escapado un prisionero de Princetown, señor. Se fugó hace tres días y los guardias tienen bajo vigilancia todos los caminos y estaciones de ferrocarril, pero de momento no han podido dar con él. A los granjeros de por aquí no les hace ni pizca de gracia este asunto, así de claro.

—Bueno, tengo entendido que recibirían cinco libras en caso de dar algún tipo de pista.

—Así es, señor. Pero cinco libras no es nada comparado con el riesgo de que te rebanen el cuello. No se trata de un prisionero corriente; este tipo no se detendría ante nada.

—¿De quién se trata?

—Es Selden, el asesino de Notting Hill.

Recordaba bien ese caso; la ferocidad con la que se cometió el crimen y la brutalidad gratuita que rodeó las acciones del criminal despertaron el interés de Holmes. El hecho fue tan atroz, que al asesino se le conmutó la pena de muerte por la de cadena perpetua, pues existían dudas sobre su salud mental. Nuestro coche acababa de llegar a una elevación del terreno y delante de nosotros se extendía el páramo, salpicado de escarpados y abruptos montones de piedras y peñascos. De él procedía un aire helado que nos hizo tiritar. En algún lugar de esa desolada planicie acechaba este hombre tan cruel, escondiéndose en alguna madriguera como un animal salvaje y con el corazón rebosante de odio hacia la sociedad que lo había expulsado de ella. Esto era lo único que faltaba para completar el inquietante cuadro que ya componían la estéril extensión de terreno, el viento helado y un cielo que comenzaba a oscurecerse. Incluso Baskerville quedó silencioso y cerró más firmemente su abrigo alrededor de su cuerpo.

Habíamos dejado las tierras de cultivo a nuestra espalda y por debajo de nosotros. Al volvernos para mirarlas pudimos contemplar cómo los oblicuos rayos de un sol a punto de desaparecer convertían los arroyos en hilos de oro, haciendo brillar la tierra recién removida por el arado y los vastos bosques. El camino que seguíamos se volvía cada vez más descolorido y agreste. Discurría sobre enormes colinas de color rojizo y verde aceituna, salpicadas de grandes rocas. De cuando en cuando pasábamos por delante de alguna granja de tejado y paredes de piedra, en las que ni una sola enredadera rompía sus austeras siluetas. De repente, llegamos a una depresión del terreno similar a un cuenco, cubierta por robles y abetos, a los que la furia de las tormentas sufridas durante años había retorcido y abatido. Sobre las copas de los árboles se elevaban dos torres altas y esbeltas. El conductor las señaló con su látigo.

—La mansión Baskerville —dijo.

Su dueño se había puesto en pie y la miraba fijamente, con los ojos brillantes y las mejillas encendidas. Pocos minutos después habíamos llegado a las verjas de la casa del portero de la finca, un impresionante conjunto de hierro forjado en fantásticas formas. El tiempo había castigado los pilares que flanqueaban la verja. Estos estaban cubiertos por líquenes y rematados por las cabezas de jabalí que representaban la casa de los Baskerville. La casa del portero era en realidad una ruina de granito negro, con el costillar de las vigas al aire. Enfrente podía verse a medio construir una nueva edificación, el primer fruto del oro sudafricano de sir Charles.

Tras las verjas, nos introdujimos en la avenida. Las ruedas de nuestro carruaje seguían deslizándose sordamente sobre el lecho de hojas muertas, y sobre nuestras cabezas las ramas de los árboles se entrelazaban formando un sombrío túnel. Baskerville se estremeció al contemplar el largo y oscuro paseo que nos separaba de la mansión, que brillaba a lo lejos como una visión fantasmal.

—¿Fue aquí donde sucedió? —preguntó quedamente.

—No, no. El paseo de los tejos queda al otro lado de la casa.

El joven heredero miró a su alrededor con expresión adusta.

—No me extraña que mi tío se sintiera inseguro aquí —dijo—. Este lugar asusta a cualquiera. Antes de seis meses habré instalado farolas a lo largo de todo este paseo. No lo reconocerán después de que el poder de la potencia luminosa de mil bujías marca Swan y Edison lleguen hasta la puerta de entrada de la mansión.

La avenida terminaba en una amplia extensión de césped y llegamos frente a la casa. La luz ya agonizante me permitió ver un bloque central macizo del que sobresalía un porche. Toda la pared frontal estaba cubierta por hiedra, excepto en algunos puntos aquí y allá en los que había sido recortada y por donde asomaban, entre el tapiz oscuro, ventanas y escudos de armas. De este bloque central sobresalían las dos torres gemelas, antiguas, almenadas y perforadas por muchos agujeros. A ambos lados de las torres se encontraban alas más modernas construidas en granito negro. Una tenue luz brillaba sobre las ventanas, todas ellas divididas por maineles, y de las altas chimeneas que sobresalían por encima del escarpado y empinado tejado salía una única columna de humo negro.

—¡Bien venido, sir Henry! ¡Bienvenido a la mansión Baskerville!

De entre las sombras del porche había surgido un hombre que había abierto la puerta del carruaje. Sobre la luz amarilla del *hall* se recortaba la silueta de una mujer, que salió para ayudar al hombre a transportar nuestro equipaje.

—No le importa que me marche directamente a mi casa, ¿verdad, sir Henry? —dijo el doctor Mortimer—. Mi mujer me espera.

—¿Está seguro de que no desea quedarse a cenar?

—No, debo irme. Seguramente encontraré asuntos esperándome. Me quedaría para mostrarle la casa, pero sin duda Barrymore será mucho mejor guía que yo. ¡Adiós! Y no dude en enviar a buscarme siempre que me necesite, sea de día o de noche.

El sonido de las ruedas se alejó paseo arriba hasta desaparecer, mientras sir Henry y yo entrábamos en el *hall* y la puerta se cerraba ruidosamente a nuestras espaldas. Nos encontramos en un salón agradable, grande, de techos elevados y con enormes y numerosas vigas de roble que el tiempo había oscurecido. Un intenso fuego crepitaba y chisporroteaba en la grande y antigua chimenea por detrás de los protectores de hierro. Sir Henry y yo acercamos nuestras manos al fuego, pues se nos habían quedado insensibles a consecuencia del largo viaje. Miramos a nuestro alrededor: el alto ventanal con la antigua vidriera, las planchas de madera de roble que revestían las paredes, las cabezas de ciervo, los escudos de armas en las paredes, todo en penumbra bajo la tenue luz de la lámpara central.

—Es tal como lo imaginaba —dijo sir Henry—. ¿Es o no es la viva imagen del hogar de una vieja familia? ¡Y pensar que mi familia ha vivido en este *hall* durante quinientos años! No puedo evitar sentirme solemne al pensarlo.

Un entusiasmo infantil iluminaba su rostro moreno mientras miraba a su alrededor. La luz caía directamente sobre Baskerville, pero su sombra se alargaba y proyectaba en las paredes, de manera que se cernía como un dosel negro sobre él. Barrymore acababa de regresar, después de llevar el equipaje a nuestras habitaciones. Permanecía de pie, delante de nosotros, con la actitud servicial de un criado que conoce bien su papel. Era un hombre con una presencia inmejorable, alto, elegante, con barba cuadrada y de facciones pálidas y distinguidas.

—¿Desea el señor que sirva la cena ahora?

—¿Está preparada?

—Dentro de cinco minutos, señor. Encontrarán agua caliente en sus habitaciones. A mi esposa y a mí nos gustaría quedarnos con usted, señor, hasta que se haya instalado. Comprenderá que, debido a la nueva situación, la casa necesitará bastante servicio.

—¿Qué nueva situación?

—Quiero decir, señor, que sir Charles llevaba una vida muy tranquila y nosotros podíamos hacernos cargo de sus necesidades. Usted querrá, con toda seguridad, tener más compañía, y necesitará por tanto hacer algunos cambios en el personal de servicio.

—¿Significa eso que usted y su esposa desean abandonarme?

—Sólo cuando sea posible, señor.

—Pero su familia ha trabajado para la mía durante generaciones, ¿no es así? Lamentaría mucho comenzar mi vida aquí rompiendo un vínculo tan antiguo.

Me pareció ver algún signo de emoción en el pálido rostro del mayordomo.

—Mi esposa y yo también lo lamentaremos, señor. Pero, honestamente, ambos estábamos muy unidos a sir Charles. Su muerte ha sido un golpe muy duro para nosotros y este sitio nos trae dolorosos recuerdos. Temo que no volveremos a vivir tranquilos en la mansión Baskerville.

—¿Qué planes tienen?

—No tengo ninguna duda de que podremos abrir nuestro propio negocio y establecernos. La generosidad de sir Charles nos ha proporcionado medios para hacerlo. Creo que será mejor que les enseñe sus habitaciones.

Una balaustrada, a la que se accedía a través de una doble escalera, recorría la parte superior del viejo salón. Del punto central partían dos pasillos que abarcaban toda la longitud del edificio y en ellos se encontraban los dormitorios. El mío estaba en la misma ala que el de Baskerville y era prácticamente contiguo al suyo. Estas habitaciones parecían ser mucho más modernas que la parte central de la casa y, entre el colorido papel de las paredes y la gran cantidad de candiles, parte del sombrío estado de ánimo que se había apoderado de mí al llegar, desapareció.

Pero el comedor al que el *hall* daba acceso era un lugar tenebroso y lleno de sombras. Era una sala de gran longitud en la que existía un entarimado que separaba la zona en la que se sentaba la familia de la zona a menor altura, en la que se colocaban sus vasallos. En un extremo, y a cierta altura, estaba el lugar reservado al juglar. Vigas negras cruzaban el espacio por encima de nuestras cabezas y, sobre ellas, el techo oscurecido por el humo. Seguramente, con el colorido y la ruda hilaridad de un banquete antiguo, y una gran cantidad de antorchas que iluminasen la sala, la impresión no sería tan abrumadora; pero éramos tan sólo dos caballeros vestidos de negro, sentados dentro del estrecho círculo de luz que proporcionaba una lámpara con pantalla, con el espíritu subyugado por el escenario y cuya voz se tornaba un susurro. Una borrosa colección de antepasados, cuyas ropas recorrían la moda desde la época isabelina hasta la de la regencia, nos contemplaba e intimidaba con su silenciosa presencia. Hablamos poco y me sentí aliviado cuando terminó la cena y pasamos a la moderna sala de billar para fumar un cigarrillo.

—¡Caramba!, no es precisamente un lugar alegre —dijo sir Henry—. Supongo que uno se acostumbra a él, pero me siento un poco incómodo ahora mismo. No me extraña que mi tío estuviera tan intranquilo viviendo solo en un sitio así. Si le parece bien, propongo que nos retiremos temprano. Es posible que las cosas resulten más alegres por la mañana.

Abrí las cortinas antes de meterme en la cama y miré al exterior. Mi ventana daba al espacio de césped situado enfrente de la casa. Más allá había dos bosquecillos, cuyos árboles cimbreaban y gemían a causa del viento que subía de intensidad. Por entre los jirones que dejaban las nubes al pasar, asomaba media luna. Bajo su fría luz vi, más allá de los árboles, una línea discontinua de rocas y la larga y baja curva que indicaba la presencia del melancólico páramo. Cerré las cortinas con la sensación de que mis últimas impresiones eran del todo acordes con las que ya había tenido.

Pero no eran las últimas. Estaba agotado y, sin embargo, no era capaz de dormirme. No dejaba de revolverme en la cama de un lado para otro, intentando conciliar un sueño que se negaba a llegar. Lejos, un reloj daba los cuartos de las horas, rompiendo el silencio absoluto que imperaba en la casa. Y de repente, en lo más profundo de la noche, llegó hasta mí con total claridad un sonido inconfundible. Eran los sollozos de una mujer, el sordo y amortiguado lamento de alguien deshecho por un dolor incontrolable. Me senté en la cama y escuché con atención. El sonido no provenía de lejos; procedía del interior de la casa. Durante media hora esperé, con todos mis sentidos alerta, pero sólo llegaron hasta mí las campanadas del reloj y el susurro de la hiedra de la pared.

CAPÍTULO VII

Los Stapleton, habitantes de la casa Merripit

La novedosa belleza de la mañana siguiente ayudó a eliminar de nuestras mentes la impresión de tristeza sombría que nuestra primera visión de la mansión Baskerville nos había producido. Mientras desayunábamos, la luz del sol entraba a raudales por los altos ventanales, iluminando con acuosos reflejos de colores los escudos de armas que cubrían los maineles. Los paneles de roble refulgían como si fuesen de bronce bajo los rayos dorados y resultaba asombroso que esta fuese la misma estancia que nos había deprimido tanto la noche anterior.

—¡Creo que la culpa es nuestra y no de la casa! —dijo el joven barón—. Estábamos agotados por el viaje y ateridos de frío por el camino en carruaje. Vimos este lugar con malos ojos. Ahora que estamos descansados y en buen estado, todo vuelve a resultar alegre.

—De todas formas, no creo que fuese todo producto de nuestra imaginación —respondí—. ¿No escuchó usted durante la noche, por ejemplo, sollozar a alguien, creo que una mujer?

—Es curioso, pues me pareció oír algo de ese estilo cuando me dormía. Presté atención durante bastante rato, pero no volví a oírlo y supuse que había sido un sueño.

—Yo lo oí con claridad y estoy seguro de que se trataba del llanto de una mujer.

—Debemos aclarar esto de inmediato.

Hizo sonar la campana y preguntó a Barrymore qué información podía proporcionar él de este hecho. Me dio la impresión de que los pálidos rasgos del mayordomo palidecían aún más al escuchar la pregunta de su señor.

—Sólo hay dos mujeres en la casa, sir Henry —respondió—. Una es la fregona, que duerme en la otra ala. La segunda es mi esposa, y puedo dar fe de que no fue ella.

Y, sin embargo, mentía al decir esto, pues dio la casualidad de que al terminar de desayunar me encontré con la señora Barrymore en el largo pasillo, mientras la luz del sol iluminaba enteramente su rostro. Era una mujer corpulenta, imperturbable, de rasgos toscos. Su boca transmitía siempre una sensación de firmeza y severidad. Pero sus ojos eran reveladores. Estaban enrojecidos y me miraron a través de unos párpados inflamados. Por tanto, era ella la que había estado llorando aquella noche. Y si así era, su marido debía saberlo. A pesar de todo, él había decidido correr el riesgo de ser descubierto al afirmar todo lo contrario. ¿Por qué lo había hecho? ¿Y por qué lloraba ella tan amargamente? Alrededor de este hombre de rostro pálido, apuesto y de barba negra, existía una atmósfera de misterio y opacidad. Había sido él la primera persona que había descubierto el cadáver de sir Charles y, en cuanto a la veracidad del relato que había hecho sobre las circunstancias de la muerte de este, sólo contábamos con su palabra. ¿Era posible que, después de todo, fuese Barrymore el hombre que vimos en el carruaje de Regent Street? La barba podía ser perfectamente la misma. El cochero lo había descrito como un hombre de estatura algo menor, pero pudo equivocarse en esta apreciación. ¿Cómo podía yo esclarecer este punto de una vez por todas? Obviamente, lo primero que tenía que hacer era hablar con el jefe de la oficina de correos de Grimpen y averiguar si el telegrama había sido entregado a Barrymore en persona. Fuese cual fuese la respuesta, por lo menos tendría algo de lo que informar a Holmes.

Terminado el desayuno, sir Henry tenía un montón de papeles que examinar. Así pues, la ocasión resultaba propicia para mi excursión. El camino resultó ser un agradable paseo de cuatro millas a lo largo del límite del páramo que desembocaba en una pequeña aldea de color gris, cuyas dos edificaciones de mayor tamaño eran la posada y el domicilio del doctor Mortimer, que sobresalían por encima de cualquier otro edificio. El jefe de la oficina de correos, que era también un tendero local, recordaba perfectamente el telegrama.

—Efectivamente, señor —dijo—; hice que se entregara el telegrama al señor Barrymore tal como se me indicó que lo hiciera.

—¿Quién lo entregó?

—Este hijo mío. James, entregaste la semana pasada en la mansión el telegrama para Barrymore, ¿no es así?

—Sí, padre, lo entregué.

—¿A él en persona? —pregunté.

—En aquel momento él estaba en el desván, así que no pude entregárselo en persona. Se lo di a su mujer; ella me prometió que se lo daría al instante.

—¿Viste a Barrymore?

—No, señor. Ya le he dicho que estaba en el desván.

—Si no lo viste, ¿cómo sabes que efectivamente estaba en el desván?

—Bueno, seguro que su esposa sabía con certeza dónde estaba —replicó cabezonamente el jefe de correos—. ¿No llegó el telegrama? Si ha habido algún error, debería ser Barrymore el que pusiese la queja.

Resultaba del todo inútil seguir con las pesquisas. Era evidente que, a pesar del celo de Holmes, no teníamos ninguna prueba de que Barrymore no hubiese estado todo aquel tiempo en Londres. Si suponíamos que así hubiese sido, si suponíamos que aquel hombre había sido la última persona en ver con vida a sir Charles y el primero en seguir al heredero a su regreso a Inglaterra, ¿qué era lo que teníamos? ¿Trabajaba para otros o había concebido algún plan siniestro por su cuenta y riesgo? ¿Qué interés podía tener en perseguir a la familia Baskerville? Pensé en el extraño aviso hecho con las palabras recortadas del editorial del *Times*. ¿Era cosa de él o era un intento de otra persona para interponerse en sus planes? El único motivo posible era el que había apuntado sir Henry: si conseguían asustar a la familia Baskerville y alejarla de la mansión, los Barrymore se aseguraban el disfrute de un hogar confortable de manera permanente. Pero una explicación así no justificaba una planificación tan compleja y sutil que parecía tejer una red invisible alrededor del joven barón. El mismo Holmes había reconocido que, en el curso de sus asombrosas investigaciones, nunca antes se había encontrado con un caso tan complejo como este. Mientras caminaba de regreso a lo largo del gris y solitario camino, rogué que mi amigo se liberara de sus ocupaciones con prontitud y pudiese venir hasta donde nos encontrábamos para liberarme de la responsabilidad que había cargado sobre mis hombros.

De repente, mis pensamientos fueron interrumpidos por el sonido de alguien que corría tras de mí al tiempo que una voz me llamaba por mi nombre. Me giré, esperando encontrarme con el doctor Mortimer, pero, para mi sorpresa, vi que era un extraño quien intentaba alcanzarme. Era un hombre de pequeña estatura, delgado, bien afeitado, con aspecto estirado y el pelo muy rubio. Tenía la barbilla afilada y debía andar entre los treinta y los cuarenta años. Vestía un traje gris que acompañaba con un sombrero de paja. De su hombro colgaba una caja de lata para guardar especímenes botánicos y llevaba entre las manos una gran red verde para cazar mariposas.

—Podrá disculpar con toda seguridad mi presunción, doctor Watson —dijo al llegar jadeando hasta donde yo estaba—. Aquí en el páramo somos gente muy sencilla y no esperamos a ser presentados formalmente. Es posible que nuestro común amigo, el doctor Mortimer, le haya hablado de mí. Mi nombre es Stapleton y vivo en la casa Merripit.

—Su caja y la red que lleva lo hubiesen delatado, pues sabía que era usted un naturalista —dije—. Pero, ¿cómo me ha reconocido usted a mí?

—Estaba haciendo una visita a Mortimer cuando él me dijo que era usted en el momento en que pasaba por delante de la ventana de su consulta. Como hemos de seguir el mismo camino, pensé en alcanzarlo y presentarme yo mismo. Confío en que sir Henry se encuentre bien tras el viaje.

—Está muy bien, gracias.

—Todos temíamos que tras la muerte de sir Charles el nuevo barón no quisiera instalarse aquí. Es demasiado pedir que un hombre de buena posición venga a enterrarse en un lugar como este, pero imagino que no tengo que explicarle lo mucho que el buen desarrollo del campo depende de ello. Supongo que sir Henry no cree en las supersticiones que rodean este caso, ¿no es así?

—No lo creo.

—Naturalmente, conoce usted la leyenda acerca del perro maldito que persigue a la familia.

—La he oído, sí.

—Es sorprendente lo crédulos que pueden llegar a ser los campesinos de por aquí. Muchos de ellos están dispuestos a jurar que han visto a un perro como el de la leyenda por el páramo —hablaba sonriendo, pero me dio la impresión de que se tomaba la cosa más en serio de lo que aparentaba—. La historia se apoderó de la imaginación de sir Charles y no tengo ninguna duda de que eso fue lo que lo llevó al trágico final que tuvo.

—Pero, ¿cómo pudo ser?

—Sufría tal tensión nerviosa que la aparición de cualquier perro pudo tener consecuencias fatales en su enfermo corazón. Imagino que sí vio realmente algo aquella noche fatal en el paseo de los tejos. Yo temía que algo malo le sucediese, pues le tenía auténtico aprecio y sabía que estaba delicado del corazón.

—¿Cómo sabía usted eso?

—Mi amigo Mortimer me lo había dicho.

—¿Cree entonces que algún perro persiguió a sir Charles y, como consecuencia, murió presa del pánico?

—¿Tiene usted alguna explicación mejor?

—No he llegado todavía a ninguna conclusión.

—¿Y el señor Holmes?

Sus palabras me dejaron sin aliento durante unos instantes, pero con una simple mirada a sus serenas facciones y tranquilos ojos me convencí de que no pretendía causar sorpresa.

—Es inútil fingir que no lo conocemos, doctor Watson —dijo—. El relato de las aventuras de su detective ha llegado hasta aquí y es imposible conocerlo a él sin haber oído hablar de usted. Cuando Mortimer me dijo su nombre, no pudo negar quién era usted. Si usted está aquí, significa que el señor Sherlock Holmes en persona está interesado en este asunto y, naturalmente, tengo mucha curiosidad por saber cuál es su punto de vista.

—Me temo que no puedo contestar su pregunta.

—¿Y puedo preguntarle si nos honrará con su presencia?

—No le resulta posible abandonar la ciudad en estos momentos. Otros asuntos ocupan por completo su atención.

—Es una lástima. Él podría arrojar alguna luz sobre un asunto que nos tiene a los demás sumidos en una completa oscuridad. Pero por lo que respecta a sus propias pesquisas, si hay algo en lo que yo pueda ayudarlo, confío en que me lo diga. Si supiese en qué sentido avanzan sus pesquisas o cómo se propone investigar este caso, tal vez podría darle algún consejo o ayudarlo de alguna manera.

—Le aseguro que estoy aquí con el único propósito de visitar a mi amigo sir Henry, y que no necesito ningún tipo de ayuda.

—¡Excelente! —exclamó Stapleton—. Tiene usted todo el derecho a ser precavido y discreto. Soy justamente reprendido por una intromisión injustificable. Le prometo que no volveré a mencionar este asunto.

Acabábamos de llegar a un punto en el camino en el que un sendero de hierba se desviaba y se adentraba en el páramo. A la derecha se veía una colina escarpada y cubierta de pedruscos que en tiempos pasados hubo de ser una cantera de granito. La cara que se ofrecía a nosotros formaba un precipicio oscuro en cuyos agujeros crecían zarzas y helechos. A lo lejos se veía una columna de humo.

—Tras un paseo no muy largo por este camino que cruza el páramo se llega a la casa Merripit —dijo—. Tal vez sería posible que tuviese usted una hora libre y podría tener el placer de presentarle a mi hermana.

Lo primero que pensé fue que debía regresar al lado de sir Henry. Pero recordé la montaña de papeles y facturas que cubría la mesa de su despacho. Estaba seguro de que no podría serle de la menor ayuda al respecto. Y Holmes me había dicho explícitamente que debía estudiar a los vecinos de sir Henry en el páramo. Acepté la invitación de Stapleton y juntos nos desviamos por el sendero.

—El páramo es un lugar magnífico —dijo, contemplando las ondulantes depresiones, el enorme mar de grandes olas verdes con crestas de granito que se extendía a nuestro alrededor creando fantásticas formas—. Es imposible cansarse del páramo. No se imagina los increíbles secretos que esconde. Es tan grande, tan estéril, tan misterioso...

—¿Usted lo conoce bien?

—Llevo aquí tan sólo dos años. Para los habitantes de esta zona soy un recién llegado; vinimos poco después de que sir Charles se instalase. Pero, a causa de mis aficiones, me dediqué a explorar los alrededores y dudo que haya muchos hombres que lo conozcan tan bien como yo.

—¿Tan difícil de conocer es?

—Mucho. Mire, por ejemplo, esa gran planicie al norte de la que sobresalen esas extrañas cumbres. ¿Ve algo sorprendente en ella?

—Parece un lugar excelente para galopar.

—Sí, pensar eso es lo normal. Y ello ha costado muchas vidas hasta ahora. ¿Ve esas manchas de color verde brillante diseminadas por el lugar?

—Sí. Parece terreno mucho más fértil que el resto.

Stapleton se rio.

—Esa es la gran ciénaga de Grimpen —dijo—. Un paso en falso significa la muerte para el hombre o animal que lo dé. Ayer mismo vi a uno de los ponis del páramo aventurarse en ella. Nunca salió. Durante largo rato vi su cabeza sobresaliendo por encima del embolsamiento de lodo. Pero, finalmente, el pantano lo succionó. Es peligroso cruzarlo incluso en la estación seca, pero tras las lluvias otoñales es un lugar endemoniado. Sin embargo, yo puedo adentrarme en él hasta su mismo corazón y volver a salir vivo. ¡Demonios! Ahí está otro de esos pobres ponis.

Una cosa de color marrón se revolvía y agitaba por entre los juncos verdes. El largo y agonizante cuello se retorcía y luchaba por elevarse mientras un grito espeluznante recorría el páramo. Me helé de terror, pero los nervios de mi compañero eran más templados que los míos.

—Se fue —dijo—. El páramo se ha apoderado de él. Dos en dos días, y es posible que muchos más, pues acostumbran a moverse por esa zona en la estación seca y no notan la diferencia hasta que la garra de la ciénaga se apodera de ellos. La gran ciénaga de Grimpen es un mal lugar.

—¿Y dice que usted puede aventurarse por ella?

—Sí; hay uno o dos caminos por los que un hombre en forma puede desenvolverse, y yo los he encontrado.

—¿Y para qué quiere usted adentrarse en un lugar tan horrible?

—Bueno, ¿ve esas colinas ahí detrás? Son como islas independientes que la ciénaga aísla impasiblemente; ha ido rodeándolas a lo largo de los años. Ahí es donde se encuentran las plantas y mariposas más extraordinarias, si es que se tiene el suficiente valor para llegar a ellas.

—He de probar a ir hasta allí alguna vez.

Me miró sorprendido.

—¡Por el amor de Dios, aleje esa idea de su mente! —exclamó—. Cargaría con la culpa de su muerte sobre mi conciencia. Le aseguro que no tiene la menor posibilidad de regresar con vida. Para poder hacerlo yo, he de recordar señales muy complicadas sobre el terreno.

—¡Caramba! —grité—. ¿Qué es eso?

Un largo y grave lamento, de una indescriptible tristeza, recorrió todo el páramo. Llenó el aire y resultaba del todo imposible saber de dónde procedía. Comenzaba siendo un murmullo sordo que se intensificaba hasta convertirse en un rugido profundo, y que terminaba por ser un murmullo palpitante y melancólico una vez más. Stapleton me miró con expresión de curiosidad.

—El páramo es un lugar extraño —comentó.

—Pero ¿qué ha sido eso?

—Los campesinos creen que es el perro de los Baskerville en busca de su presa. Ya lo había oído una o dos veces antes, pero nunca tan alto.

Miré a mi alrededor con el corazón helado por el miedo. Nada se movía por la planicie ondulante, salpicada por las manchas verdes de los juncos, salvo un par de cuervos que graznaban escandalosamente sobre un peñasco a nuestras espaldas.

—Usted es un hombre culto. No es posible que crea una insensatez así —dije—. ¿Cuál cree que es el origen de un sonido tan extraño como este?

—Algunas veces las ciénagas emiten sonidos muy extraños. Los produce el fango al asentarse, o la subida del agua, o algo de eso.

—No, no; era un sonido de algo vivo.

—Es posible que así fuera. ¿Alguna vez escuchó a un avetoro?

—No. Jamás.

—Es un pájaro muy poco frecuente en Inglaterra en la actualidad. Prácticamente extinguido. Pero todo es posible en el páramo. Sí, no me sorprendería descubrir que se trata del bramido de uno de los últimos avetoros.

—Ha sido la cosa más escalofriante y extraña que he oído en toda mi vida.

—Sí, es un lugar bastante peculiar en conjunto. Mire la ladera que hay más allá. ¿Qué cree que es?

Era una ladera escarpada, totalmente cubierta de numerosos círculos de piedra de gran tamaño.

—¿Qué son? ¿Refugios para los pastores?

—No. Son los hogares de nuestros antepasados. El páramo estuvo muy poblado por el hombre prehistórico y, como nadie ha vuelto a habitarlo con mucha densidad desde entonces, encontramos las cosas tal como las dejaron ellos. Estas son sus cabañas, pero sin los techos. Si tiene curiosidad y pasa a su interior, podrá ver sus chimeneas y sus sofás.

—Parece toda una ciudad. ¿Cuándo estuvo habitada?

—En la época del hombre neolítico. Sin fecha.

—¿Y qué fue de él?

—Llevaba su ganado a pastar por estas colinas y aprendió a extraer el estaño del suelo en la época en la que las espadas de bronce comenzaron a ser superiores a las hachas de piedra. Mire aquella gran zanja en la colina de enfrente. Esa es la señal. Sí, encontrará muchas características del páramo que lo convierten en un lugar único, doctor Watson. ¡Vaya!, discúlpeme un instante. Con toda seguridad se trata de una *cyclopidea*.

Una mosca o polilla de pequeño tamaño se había cruzado en nuestro camino y, al instante, Stapleton salió disparado tras ella en todo un despliegue de energía y velocidad. Para mi angustia, aquella criatura empezó a volar directamente hacia la ciénaga; mi recién conocido no se detuvo en ningún momento. Saltaba de un lugar a otro sobre la hierba, siempre tras el insecto, agitando su red verde. Sus ropas de color gris y su irregular manera de desplazarse, saltando en zigzag, le hacía parecer a él mismo una enorme polilla. Lo contemplaba de pie, admirando su sorprendente vitalidad y al mismo tiempo temiendo que cometiera un error en aquella traicionera ciénaga, cuando escuché unos pasos. Al volverme vi a una mujer que caminaba hacia mí por el sendero. Avanzaba desde el punto en el que la columna de humo indicaba la posición de la casa Merripit, pero una hondonada del páramo la había ocultado hasta que estuvo muy cerca.

No tenía ni la menor duda de que se trataba de la señorita Stapleton, de la que ya me habían hablado. En primer lugar porque en el páramo no abundaban las mujeres, y además recordé que me habían dicho que era una belleza. Y la mujer que se acercaba hacia mí, sin duda, lo era. Y de un tipo poco frecuente, además. El contraste entre ambos hermanos difícilmente podría ser mayor. Stapleton era de tez neutra, cabello claro y ojos grises. Ella era la morena con la tez más oscura que jamás vi en Inglaterra. Era alta, delgada y elegante. Los rasgos de su orgullosa cara habían sido finamente cincelados y tan perfectos que parecería un ser imperturbable, de no ser por una boca que denotaba su sensibilidad y unos hermosos e inquietos ojos oscuros. Con su elegante y perfecto vestido resultaba una aparición inusitada en aquel solitario camino del páramo. Cuando me volví tenía la mirada fija en su hermano; en ese momento aceleró el paso. Me quité el sombrero y estaba a punto de ofrecerle alguna explicación, cuando sus palabras cambiaron por completo el curso de mis pensamientos.

—¡Márchese! —dijo—. Regrese a Londres de inmediato.

Mi sorpresa sólo me permitió mirarla estúpidamente. Clavó en mí su mirada centelleante y golpeó el suelo impacientemente con el pie.

—¿Por qué debería marcharme? —pregunté.

—No puedo explicárselo —habló en voz baja, con urgencia. Tenía un curioso ceceo—. Por el amor de Dios, haga lo que le digo. Márchese de aquí y no vuelva a poner un pie en el páramo.

—Pero si acabo de llegar.

—¡Hombre de Dios! ¿No es capaz de reconocer cuándo le están previniendo por su propio bien? ¡Regrese a Londres! Esta misma noche. Abandone este lugar cueste lo que cueste. ¡Silencio! Por ahí se acerca mi hermano. No le comente nada de lo que le he dicho. ¿Podría por favor, arrancar para mí esa orquídea que está entre las hierbas de caballo? Tenemos muchas orquídeas en el páramo; aunque llega usted un poco tarde para ver las maravillas del lugar.

Stapleton había abandonado la persecución y regresaba hacia nosotros con el rostro encendido y la respiración entrecortada a causa del esfuerzo.

—¡Hola, Beryl! —dijo. Me dio la impresión de que el tono de su saludo no era del todo cordial.

—¡Caramba, Jack!, pareces acalorado.

—Sí. He estado persiguiendo una *cyclopidea*. Es un ejemplar muy poco frecuente y es raro encontrarlo a finales de otoño. Es una lástima que se me haya escapado.

Hablaba despreocupadamente, pero sus ojos no dejaban de mirarnos alternativamente a mí y a la chica.

—Veo que ya se conocen.

—Sí. Le estaba diciendo a sir Henry que ha llegado algo tarde para ver las auténticas maravillas del páramo.

—¿Quién crees que es este caballero?

—Me imagino que será sir Henry Baskerville.

—Oh, no, no —repliqué—. Un plebeyo vulgar y corriente, pero amigo de sir Henry. Soy el doctor Watson.

Enrojeció de vergüenza.

—Le he hablado entonces tontamente —dijo ella.

—Bueno, no habéis tenido tiempo de conversar mucho —comentó su hermano con la misma mirada inquisitoria.

—Me dirigí a él como si fuese un habitante permanente del páramo, no alguien que está de paso —dijo ella—. No creo que le importe mucho si la época de las orquídeas ha terminado ya o no. Nos acompañará y conocerá nuestra casa, ¿no es así?

Llegamos a ella después de un corto paseo. Se trataba de una típica casa descolorida del páramo. En tiempos tuvo que ser el hogar de un próspero ganadero. Ahora había sido modernizada y restaurada. Un huerto la rodeaba, pero los árboles, como era habitual en el páramo, estaban retorcidos y atrofiados. El lugar desprendía una atmósfera de maldad y melancolía. Nos abrió la puerta un criado arrugado y oxidado, de aspecto extraño, que parecía hacer juego con la casa. Sin embargo, cuando pasé al interior, me pareció reconocer el buen gusto de la dama en la elegancia con la que se habían decorado las amplias habitaciones. Al mirar por la ventana el mar de flecos de granito que se extendía hasta el horizonte, no pude evitar preguntarme cómo un hombre tan culto como él y una mujer tan hermosa como ella habían acabado yendo a parar a aquel lugar.

—Un lugar un poco extraño para vivir en él, ¿no le parece? —dijo él como si pudiese leer mis pensamientos—. Y aun así nos las apañamos para ser moderadamente felices, ¿no es así, Beryl?

—Bastante felices —contestó ella, aunque sus palabras no sonaban muy convincentes.

—Era dueño de un colegio en el norte del país —dijo Stapleton—. Para un hombre de mi carácter el trabajo era poco interesante y muy mecánico. Pero era todo un privilegio estar en contacto con la juventud. Me gustaba ayudar a moldear sus mentes y hacerlas partícipes de mi propio carácter e ideales. Pero la cosa no acabó bien. Se desató una epidemia y tres de los chicos murieron. No pude reponerme del golpe y perdí gran parte de mis bienes. De no ser por lo mucho que añoro la compañía de la gente joven, podría alegrarme de mi mala suerte, pues soy un entusiasta de la botánica y la zoología y aquí tengo un campo de trabajo ilimitado. A mi hermana también le entusiasma la naturaleza. He visto en la expresión de su cara al mirar por la ventana que pensaba en esto.

—Ciertamente se me ha ocurrido pensar que esto podría resultarle un poco aburrido; si no a usted, sí a su hermana.

—No, no, yo no me aburro jamás —contestó ella rápidamente.

—Tenemos nuestros libros, nuestros estudios y, además, unos vecinos interesantes. El doctor Mortimer es todo un experto en su campo. El desdichado sir Charles era también una compañía excelente. Lo conocíamos bien y sentimos su ausencia mucho más que lo que las palabras son capaces de expresar. ¿Cree que pecaré de entremetido si me paso esta tarde a visitar a sir Henry?

—Estoy seguro de que estará encantado de que lo haga.

—En ese caso, tal vez no le importe a usted avisarle de que me propongo hacerlo. A nuestro humilde modo, tal vez nos resulte posible facilitarle la tarea de instalarse aquí hasta que se acostumbre al nuevo entorno. ¿Quiere venir arriba conmigo, doctor Watson? Le enseñaré mi colección de lepidópteros. Creo que es la más completa de todo el sudeste de Inglaterra. Para cuando terminemos la comida estará ya prácticamente lista.

Pero yo estaba ansioso por volver a mi puesto. Los sucesos vividos —la melancolía que transmitía el páramo, la muerte del desgraciado poni, el escalofriante sonido asociado a la lúgubre leyenda de los Baskerville— teñían de tristeza mi espíritu. Y por si estas quizá vagas impresiones no bastaban, tenía también el claro y concreto aviso de la señorita Stapleton. La manera en la que lo había expresado denotaba tal ansiedad, que no me cabía ni la menor duda de que se apoyaba en motivos de importancia. Resistí las insistentes invitaciones para que me quedase a comer allí y me puse de inmediato en camino para regresar por el mismo sendero de hierba por el que habíamos llegado hasta la casa Merripit.

Debía existir algún tipo de atajo que sólo algunos conocían, pues antes de llegar al camino descubrí atónito a la señorita Stapleton, sentada sobre una piedra en el borde del sendero. Tenía las manos en los costados y el rostro bellamente coloreado después del ejercicio físico que había realizado.

—He corrido hasta aquí sin parar para poder alcanzarlo, doctor Watson —dijo—. Ni siquiera he tenido tiempo de ponerme el sombrero. No puedo entretenerme si no quiero que mi hermano me eche en falta. Quiero disculparme por el error tan estúpido que cometí antes al confundirlo con sir Henry. Por favor, olvide lo que le dije. No tiene nada que ver con usted.

—Es imposible que lo olvide, señorita Stapleton —contesté—. Soy amigo de sir Henry y su bienestar es una de mis preocupaciones. Dígame, por favor, por qué tiene ese interés tan intenso en que sir Henry regrese a Londres.

—Es una intuición femenina, doctor Watson. Cuando llegue a conocerme mejor, verá que en ocasiones no puedo proporcionar razones por las que hago o digo las cosas.

—No. Recuerdo la angustia que había en su voz. Recuerdo la mirada que tenían sus ojos. Por favor, sea sincera conmigo, señorita Stapleton; desde que he llegado no veo más que sombras a mi alrededor. La vida aquí se asemeja a esa gran ciénaga, llena de puntos de vegetación que suponen ser atrapado si uno se aventura en ellos y de los que no existe ninguna advertencia en contra. Dígame, pues, qué es lo que significa su aviso y le prometo que se lo transmitiré a sir Henry.

Su rostro dejó entrever una pasajera indecisión, pero al instante sus ojos se endurecieron de nuevo cuando me respondió.

—Le da demasiada importancia, doctor Watson —dijo—. La muerte de sir Charles nos ha afectado mucho a mi hermano y a mí. Lo conocíamos mucho, pues su paseo favorito era cruzar el páramo hasta nuestra casa. Le preocupaba enormemente la maldición que pesaba sobre su familia y cuando sufrió un fin tan trágico, naturalmente, pensé que había algo de fundamento real en el miedo que él manifestaba. Me preocupó terriblemente que otro miembro de la familia se instalase también aquí y sentí que debía prevenirle en contra del peligro que sufría. Es lo único que pretendía.

—¿Qué peligro es ese?

—¿No conoce la historia del perro?

—Es imposible que usted dé crédito a tal simpleza.

—Pues lo hago. Si de verdad tiene usted algún influjo sobre sir Henry, lléveselo de aquí, de un lugar que siempre ha resultado ser tan pernicioso para su familia. El mundo es muy grande. ¿Por qué habría de querer instalarse en el único que es peligroso para él?

—Porque es peligroso. Sir Henry es así. Me temo que si no puede expresar sus temores de una manera más concreta, será imposible persuadirle de que debe marcharse de aquí.

—No puedo decir nada más concreto, porque no dispongo de datos más precisos.

—Quisiera hacerle una última pregunta, señorita Stapleton. Si de verdad no pretendía nada más que esto la primera vez que habló conmigo, ¿por qué tenía tanto interés en que su hermano no se enterase de lo que me había dicho? No es nada a lo que ni él ni nadie pudiese poner la menor objeción.

—Mi hermano desea fervientemente que la mansión esté habitada, pues cree que será beneficioso para los habitantes del páramo. Se enfadaría mucho si se enterase de que he dicho algo que pudiera inducir a sir Henry a marcharse de aquí. Ya he cumplido con mi obligación y no añadiré ni una palabra más. He de marcharme, ya que, si no mi hermano me echará en falta y sospechará que he hablado con usted. Adiós.

Dio media vuelta y en pocos minutos desapareció tras los peñascos diseminados aquí y allá, mientras yo, con el corazón lleno de vagos temores, continué mi camino hacia la mansión Baskerville.

CAPÍTULO VIII

Primer informe del doctor Watson

A partir de este momento comenzaré a relatar lo sucedido utilizando transcripciones directas de las cartas que en su momento escribí a Sherlock Holmes y tengo ahora delante de mí, sobre mi mesa. Falta una página, pero, por lo demás, están tal como yo las escribí y reflejan lo que yo pensaba y sospechaba por aquel entonces con más fidelidad que mi memoria, por muy frescos que los trágicos sucesos que tuvieron lugar estén en ella.

Mansión Baskerville, 13 de octubre.

Mi querido Holmes:

En mis anteriores cartas y telegramas le he mantenido informado de lo que sucedía en este remoto lugar olvidado de la mano de Dios. Cuanto más tiempo permanece uno aquí, más penetra el espíritu del páramo en su alma; no sólo su magnitud, sino también su sombrío encanto. Al adentrarse en él, uno es consciente de que ha dejado atrás cualquier traza de la moderna Inglaterra; pero también es posible ver por todas partes el hogar y los esfuerzos de los antiguos pueblos de la prehistoria. Sea cual sea la dirección en la que uno dirija sus pasos, acaba encontrándose con las viviendas de estos pueblos olvidados, sus tumbas y los monolitos con los que se cree que señalaban la ubicación de sus templos. Al mirar sus asentamientos sobre estas desgarradas colinas da la impresión de que dejamos nuestro propio tiempo atrás. Y si nos encontráramos a un ser peludo y desnudo, agachándose para salir por la pequeña puerta al exterior de su cabaña y tensando la cuerda del arco en el que colocaría una flecha con la punta de sílex, consideraríamos que su presencia en este sitio sería más lógica que la nuestra. Lo raro es que debió ser una población muy numerosa sobre un terreno que siempre ha sido igual de estéril. No soy un experto en la edad antigua, pero tengo la sospecha de que se trató de una raza poco violenta, pero sí hostigada por otros, y de que se vieron obligados a vivir donde nadie más quiso hacerlo.

Sin embargo, todo esto no tiene nada que ver con la misión que me encomendó, y seguramente no resultará de ningún interés a alguien con un sentido práctico tan desarrollado como usted. Recuerdo todavía su completa indiferencia frente al hecho de si era la Tierra la que giraba alrededor del Sol, o al revés. Por tanto, permítame que retome los asuntos concernientes a sir Henry Baskerville.

Si no ha recibido ningún informe mío en los últimos días ha sido porque hasta hoy no ha sucedido nada digno de mención. Pero ahora ha ocurrido algo muy sorprendente que relataré cuando llegue el momento. Antes debo ponerle al corriente de otros hechos relacionados con nuestra situación.

Uno de ellos, del que no he dicho gran cosa, es ese prisionero evadido que anda suelto por el páramo. Hay indicios claros de que ha debido marcharse de aquí, lo que ha tranquilizado bastante a los habitantes de las casas más aisladas de este distrito. Han pasado ya quince días desde que se escapó y en todo este tiempo ni se lo ha visto, ni se ha tenido la menor noticia de él. Es del todo inconcebible que haya sobrevivido todo este tiempo en el páramo. Naturalmente, es obvio que hubiese encontrado lugares donde esconderse; cualquiera de las chozas de piedra le hubiese servido. Pero no habría encontrado nada que comer, a no ser que hubiese cazado alguna de las ovejas del páramo. Pensamos, por tanto, que ha debido marcharse de aquí, lo que hace que los granjeros de la zona duerman más tranquilos.

Bajo nuestro techo vivimos cuatro varones robustos y, por tanto, podíamos protegernos a nosotros mismos; pero confieso que he sentido preocupación al pensar en los Stapleton. Se hallan a millas de distancia de cualquier tipo de socorro. Y en esa casa sólo viven una doncella, un viejo criado la hermana y el hermano. Siendo este último un hombre no precisamente fuerte, si el asesino de Notting Hill hubiese conseguido entrar en la casa, habrían estado en sus manos. Tanto sir Henry como yo estábamos preocupados y llegamos a sugerir que Perkins, el mozo, durmiese en aquella casa, pero Stapleton no quiso ni oír hablar de ello.

El caso es que nuestro joven amigo el barón empieza a demostrar un más que considerable interés por nuestra bella vecina. No es de extrañar, pues para un hombre inquieto como él, el tiempo debe transcurrir demasiado despacio en un lugar tan solitario como este. Y ella es una mujer fascinante y muy hermosa. Posee algo exótico que recuerda el trópico y que contrasta enormemente con la frialdad y escasa emotividad de su hermano. Aunque también él da la impresión de que guarda pasiones ocultas. Tiene una innegable influencia sobre ella, pues me he dado cuenta de que ella habla siempre buscando con la mirada la aprobación del hermano. Confío en que se porte bien con ella. Él tiene un brillo frío en la mirada y una expresión de firmeza en los delgados labios que indican un carácter seguro de sí y muy posiblemente fuerte. Para usted sería un sujeto de estudio muy interesante.

Ese primer día vino a visitarnos a la mansión Baskerville y, al día siguiente, nos llevó al lugar en el que se supone comenzó la leyenda del perverso Hugo. Tuvimos que caminar varias millas a través del páramo. El sitio era tan lúgubre que no es de extrañar que fuera el origen de la leyenda. A través de un pequeño valle situado entre peñascos escarpados llegamos a un espacio abierto cubierto de césped y salpicado de blanco por los erióforos. En medio de la pradera había dos grandes rocas desgastadas y afiladas en su parte superior, que parecían los colmillos corroídos de alguna bestia monstruosa. Era idéntica en todos los detalles a la descripción del lugar donde había ocurrido la antigua tragedia. Sir Henry demostraba un gran interés y preguntó más de una vez a Stapleton si creía realmente en la posibilidad de que algún poder sobrenatural pudiese llegar a involucrarse en los asuntos humanos. Hablaba con ligereza, pero era evidente que estaba muy interesado en el asunto. Stapleton fue muy comedido en sus respuestas, pero dejaba entrever que sabía más de lo que decía y que, seguramente por respeto a los sentimientos de sir Henry, no decía todo lo que pensaba. Nos contó casos parecidos de otras familias que también habían sufrido alguna influencia maligna y nos dejó con la impresión de que compartía la creencia popular respecto a esta historia.

Ya de regreso, nos detuvimos a comer en la casa Merripit. Entonces fue cuando sir Henry conoció a la señorita Stapleton. Desde el primer momento me di cuenta de que él se sentía profundamente atraído por ella, e incluso me atrevo a afirmar que fue un sentimiento mutuo. No dejó de hablar de ella en nuestro camino de regreso a casa y desde entonces raro es el día en que no tenemos noticias de ella o de su hermano. Cenarán aquí esta noche y ya se ha hablado de que lo hagamos nosotros en su casa la semana que viene. Uno pensaría que un enlace de estas características haría feliz a Stapleton, pero, sin embargo, en más de una ocasión he sorprendido una mirada suya de reprobación en su cara cuando sir Henry tiene algún detalle con su hermana. Está sin duda muy unido a ella y viviría una vida muy solitaria sin ella, pero sería el colmo del egoísmo si se interpusiese entre su hermana y un matrimonio tan brillante. Sin embargo, estoy seguro de que no tiene el menor deseo de que la intimidad entre su hermana y sir Henry se convierta en amor. Y en varias ocasiones le he visto hacer lo indecible para evitar que ellos dos conversasen *tête-à-tête*. Por cierto, las instrucciones que usted me dio de no dejar jamás a sir Henry salir solo de la casa se complicarían terriblemente en caso de que añadiésemos un asunto amoroso a nuestros problemas. Dejaría de estar tan bien considerado si hubiese de seguir sus instrucciones al pie de la letra.

El otro día —el jueves, para ser exactos— el doctor Mortimer comió con nosotros. Había realizado excavaciones en una cabaña en Long Down y había descubierto una calavera prehistórica, lo que lo llenaba de alegría. No debe haber en todo el mundo mayor entusiasta en su campo. Los Stapleton llegaron justo después y el doctor Mortimer, a petición de sir Henry, nos llevó al paseo de los tejos para explicarnos cómo había sucedido todo aquella noche fatal. Es un paseo largo y triste que discurre entre dos altas paredes de arbustos recortados y con dos estrechas bandas de césped a los lados. En el extremo más alejado del paseo hay una vieja casa de verano prácticamente derruida. En su parte media está la puerta que da al páramo y en donde se encontró la ceniza dejada por el viejo caballero. Es una puerta de madera de color blanco con una tranca. Más allá se extiende el vasto páramo. Recordé su teoría acerca de los hechos e intenté imaginarme lo sucedido. Mientras el anciano caballero esperaba allí, vio algo que se acercaba a él desde el páramo, algo que lo aterrorizó de tal manera, que le hizo perder la cabeza y salir corriendo hasta que el pánico y la extenuación provocaron su muerte. Allí estaba el largo y tétrico túnel por el que había huido. ¿Y de qué huía? ¿De un perro pastor del páramo o un monstruoso perro fantasmal, negro y silencioso? ¿Estaba la mano del hombre detrás de todo aquello? ¿Sabía el pálido y vigilante Barrymore algo más de lo que decía? Era todo muy vago y difuso, pero en todo momento la sombra de un crimen lo rodeaba.

Desde la última vez que le escribí he conocido a otro vecino. Se trata del señor Frankland, que vive en la mansión Lafter, a unas cuatro millas al sur de nuestra casa. Es un hombre ya de edad, con la cara enrojecida, el pelo cano y de temperamento colérico. Es un entusiasta de la legislación británica y ha gastado gran parte de su fortuna en litigios. Pelea por el mero placer de hacerlo y está tan dispuesto a dar apoyo a una de las partes involucradas en un asunto, como a la contraria, con lo que no es sorprendente que su pasatiempo se haya convertido en algo muy caro. En ocasiones cancela un derecho de paso y desafía al Consejo del distrito a que lo obligue a abrirlo de nuevo, y en otras derriba con sus propias manos la cancela de otro hombre, afirmando que ese camino ha existido desde tiempo inmemorial y lo reta a que lo lleve a los tribunales. Es todo un experto en derecho comunal y feudal y utiliza sus conocimientos a veces a favor y a veces en contra de los habitantes de Fernworthy, con lo que en ocasiones lo llevan a hombros por las calles y en otras, en función de la que haya sido su última hazaña, una efigie suya acaba ardiendo por ellas. Dicen que anda embarcado en siete juicios a la vez en estos momentos y que probablemente estos acaben con lo que queda de su fortuna, con lo que le arrancarán el aguijón y quedará inerme a partir de ahora. De no ser por su afición legal, parece un hombre de buen carácter y agradable, y sólo le hablo de él porque usted expresó el deseo de conocer a las personas que nos rodean. En la actualidad está ocupado en una peculiar tarea: tiene un telescopio, pues es astrónomo aficionado, y se pasa el día recorriendo con él el páramo desde lo alto del tejado de su casa con el objetivo de descubrir al preso fugado. Si se limitase a esto, las cosas no marcharían mal, pero se dice que tiene la intención de llevar al doctor Mortimer a los tribunales por haber profanado una tumba sin el consentimiento del pariente más cercano, debido a la calavera que extrajo en las excavaciones que este realizó en Long Down. Aleja nuestras vidas de la monotonía y nos proporciona un pequeño alivio cómico que necesitamos desesperadamente.

Y una vez que le he puesto al corriente respecto al prisionero fugado, los Stapleton, el doctor Mortimer y el señor Frankland de la mansión Lafter, permítame que acabe con la cuestión de mayor relevancia y le hable acerca de los Barrymore y, en concreto, de los sorprendentes sucesos de anoche.

En primer lugar, respecto al telegrama que usted envió desde Londres para comprobar si Barrymore estaba aquí, ya le he contado que el relato del jefe de la oficina de correos demostraba que había resultado inútil y que no teníamos ninguna prueba ni en un sentido ni en otro. Le conté a sir Henry cómo estaban las cosas y de inmediato, siguiendo esa forma de ser tan impulsiva suya, llamó a Barrymore y le preguntó si había recibido el mismo el telegrama. Barrymore dijo que así había sido.

—¿Se lo entregó el chico a usted en persona? —preguntó sir Henry.

Barrymore pareció sorprendido y reflexionó durante unos instantes.

—No —replicó—. En ese momento estaba en el desván. Mi mujer me lo subió.

—¿Contestó usted mismo?

—No. Dije a mi esposa lo que debía responder y ella bajó a escribir la respuesta.

Por la tarde, él mismo volvió a sacar a colación este asunto.

—No puedo comprender el objeto de sus preguntas esta mañana, sir Henry —dijo—. Espero no haber hecho nada que haya traicionado su confianza.

Sir Henry le aseguró que eso no había sucedido y para congraciarse de nuevo con él le regaló una gran parte de su antiguo guardarropa, pues ya habían llegado de Londres las compras que allí realizó.

Estoy muy interesado en la señora Barrymore. Es una persona grande y sólida, muy limitada, de lo más respetable y con apariencia de puritana. Es difícil imaginarse alguien menos dado a las efusiones emotivas. Y sin embargo, como ya le dije, la primera noche que pasamos aquí la oí sollozar amargamente. Y desde entonces he podido observar huellas de lágrimas en su rostro. Alguna pena profunda la acongoja. A veces creo que podría tratarse de remordimientos, y otras veces pienso que tal vez Barrymore podría ser el responsable. Siempre he sospechado que existe algo extraño y dudoso en la manera de ser de este hombre, pero los sucesos de la noche pasada acentúan mis sospechas.

El asunto puede parecer poco relevante en sí mismo. Sabe que no duermo profundamente y desde que estamos aquí, mi sueño es, si cabe, aún más ligero. Anoche, a eso de las dos de la madrugada, me despertó el sonido de unos pasos muy sigilosos que cruzaban por delante de mi puerta. Me levanté, abrí la puerta y espié el exterior. Pude ver una sombra negra y alargada que desaparecía por el extremo del pasillo. Era un hombre que avanzaba silenciosamente pasillo abajo con una vela en la mano. Vestía camisa y pantalones, pero iba descalzo. Sólo pude ver su silueta, pero por su estatura supe que se trataba de Barrymore. Andaba de manera lenta y grave y había algo indescriptiblemente furtivo y culpable en su forma de proceder.

Ya le he dicho que el pasillo desemboca en la galería que rodea el *hall* y que continúa por el otro lado. Dejé que avanzase hasta que lo perdí de vista y entonces salí tras él. Cuando llegué a la galería, él ya había alcanzado el extremo más alejado del otro pasillo y el resplandor de la luz a través de una puerta abierta fue lo que me indicó que había entrado en una de las habitaciones. Todas esas habitaciones están sin amueblar y nadie las ocupa. Su deambular era más misterioso que nunca. La luz brillaba estática, como si él no se moviese. Avancé lo más sigilosamente que pude por el pasillo y asomé la cabeza por la puerta.

Barrymore estaba en cuclillas delante de la ventana con la luz de la vela contra los cristales. Su perfil estaba parcialmente vuelto hacia mí y daba la impresión de que la expectación no le permitía mover ni un músculo de la cara mientras miraba fijamente el negro vacío del páramo. Estuvo mirando intensamente durante algunos minutos. Finalmente, dejó escapar un gruñido sordo y con gesto impaciente apagó la luz. Al instante regresé a toda velocidad a mi dormitorio y al poco tiempo oí de nuevo los pasos sigilosos que recorrían su camino de regreso. Mucho después, cuando yo ya había caído en un sueño ligero, oí girar una llave en alguna cerradura, pero no soy capaz de decir de dónde provenía el sonido. No tengo ni idea de lo que significa todo esto, pero antes o después conseguiremos esclarecer el misterio que rodea esta casa tan sumida en las sombras. No lo incomodaré con mis teorías, pues me dijo claramente que yo debía suministrarle tan sólo los datos que hallara. He tenido una larga conversación con sir Henry esta mañana y hemos desarrollado un plan de campaña en función de mis descubrimientos de anoche. No le contaré ahora en qué consisten con el fin de que mi próximo informe le resulte interesante.

CAPÍTULO IX

Una luz en el páramo
[Segundo informe del doctor Watson]

Mansión Baskerville, 15 de octubre.

Mi querido Holmes:

No tuve más remedio que dejarle sin notificar muchas noticias durante los primeros días de mi misión aquí, pero usted mismo reconocerá que estoy recuperando el tiempo perdido, pues no dejan de suceder cosas a toda velocidad. Mi último informe finalizaba en el punto álgido del relato en el que le contaba cómo había sorprendido a Barrymore en la ventana. Ahora tengo toda una historia que contarle, la cual, salvo que me equivoque mucho, le va a sorprender de veras. Las cosas han tomado un rumbo que nunca hubiese previsto. En las últimas cuarenta y ocho horas, algunos misterios se han simplificado y, al mismo tiempo, ciertos asuntos se han complicado aún más. Pero será mejor que se lo cuente y que juzgue usted mismo.

A la mañana siguiente de mi aventura, antes del desayuno, recorrí el pasillo y examiné la habitación en la que Barrymore había estado la noche anterior. Esta ventana del ala oeste, por la cual había mirado con tanta intensidad, tenía una particularidad frente a las demás ventanas de la casa: domina la vista más próxima al páramo. Existe un espacio abierto entre dos árboles que permite ver el páramo directamente, mientras que desde cualquier otra ventana de la casa sólo se tiene una visión fugaz e incompleta de este. Y ya que esta es la única ventana que sirve para tal propósito, llegamos a la conclusión de que Barrymore miraba a través de ella buscando a alguien o a algo que debía estar en el páramo. La noche era muy oscura, así que no soy capaz de imaginarme cómo pretendía ver a nadie. He pensado que tal vez se trate de un asunto amoroso. Esto explicaría sus movimientos encubiertos y la intranquilidad de su esposa. Se trata de un hombre de muy buena planta y muy bien preparado para robar el corazón de una chica del campo, con lo que esta teoría tiene algo de fundamento. El sonido de una puerta al abrirse que oí después de volver a mi habitación podría significar que él salía para celebrar un encuentro clandestino. Esas fueron las conclusiones a las que llegué por la mañana. Le cuento mis sospechas aun cuando resultaron ser totalmente infundadas.

Pero, independientemente del objeto de los movimientos de Barrymore, sentí que no podía soportar el peso de la responsabilidad de mantener estos hechos en secreto antes de encontrarles una explicación. Tras el desayuno, me reuní con el barón en su despacho y le conté lo que había visto. Se mostró menos sorprendido de lo que yo esperaba.

—Sabía que Barrymore se movía por la casa de noche y tenía previsto hablar con él al respecto —dijo—. Le he oído ir y venir dos o tres veces aproximadamente a la hora que usted dice.

—En ese caso, es posible que todas las noches acabe yendo a la misma ventana —sugerí.

—Es posible. En ese caso, deberíamos seguirlo y descubrir qué lleva entre manos. Me gustaría saber qué haría su amigo Holmes si estuviese aquí.

—Creo que haría exactamente lo mismo que usted propone: seguirlo y observar qué hace.

—En ese caso deberíamos hacerlo juntos.

—Nos oirá.

—Está bastante sordo y, en cualquier caso, debemos arriesgarnos. Esperaremos despiertos en mi habitación esta noche hasta que pase.

Sir Henry se frotó las manos con placer. Era evidente que para él esta aventura suponía un alivio frente a la tranquila vida en el páramo.

El joven barón se ha puesto en contacto con el arquitecto que preparaba los planos que sir Charles deseaba y con un contratista londinense. Así que en breve se producirán por aquí grandes cambios. Desde Plymouth han venido decoradores y fabricantes de muebles. Es evidente que nuestro amigo tiene grandes ideas y la capacidad para no escatimar medios ni dinero en restaurar el antiguo esplendor de su familia. Cuando termine de remodelar y amueblar la casa, ya sólo le quedará conseguir una esposa. Entre nosotros: hay indicios muy claros de que eso no se hará esperar mucho si la dama está interesada, pues pocas veces he visto a un hombre tan perdidamente enamorado de una mujer como Baskerville lo está de nuestra bella vecina, la señorita Stapleton. Sin embargo, este amor no discurre entre aguas tranquilas, como cabría esperar. Hoy, por ejemplo, ha sucedido algo que ha enturbiado su superficie y que ha dejado a nuestro amigo bastante perplejo y molesto.

Cuando finalizó la conversación sobre Barrymore que le he remitido, sir Henry se caló el sombrero y se dispuso a salir. Y, naturalmente, yo hice lo mismo.

—¿Cómo? ¿Viene usted también, Watson?, —me dijo mirándome de una forma un tanto peculiar.

—Bueno, eso depende de si va usted al páramo —contesté yo.

—Sí, allí voy.

—Ya sabe cuáles son las instrucciones que tengo. Lamento intervenir, pero ya oyó usted con qué insistencia me rogó Holmes que jamás lo dejase solo y mucho menos cuando saliera al páramo.

Sir Henry apoyó su mano en mi hombro sonriendo con felicidad.

—Querido amigo —dijo—, Holmes, a pesar de su sabiduría, no pudo prever algunas de las cosas que han sucedido desde que llegué al páramo. ¿Me comprende? Estoy seguro de que es usted el último hombre en el mundo que desea ser un aguafiestas. Debo ir solo.

Quedé en la peor posición posible. No sabía qué hacer ni qué decir, y antes de que yo hubiese conseguido reaccionar, tomó su bastón y se marchó.

Cuando me di cuenta de lo que acababa de suceder, comencé a reprocharme amargamente el haberle permitido con cualquier pretexto salir y perderlo de vista. Imaginé lo que sentiría yo si tuviese que regresar y confesarle que algo terrible había sucedido por no hacer caso de sus instrucciones. Le aseguro que se me encendieron las mejillas de sólo pensarlo. Me di cuenta de que no era demasiado tarde para darle alcance. Así que me puse en marcha en dirección a la casa Merripit.

Corrí tanto como pude a lo largo del camino sin ver ni rastro de sir Henry. Llegué al punto del camino en el que está el sendero que se adentra en el páramo. Al llegar allí, temiendo que quizá había tomado el camino equivocado, me dirigí a una elevación del terreno desde la que podría dominar los alrededores: la colina en la que está excavada la oscura cantera. Lo vi al instante. Se hallaba en el sendero del páramo a un cuarto de milla de distancia. Con él estaba una dama que sólo podía ser la señorita Stapleton. Era evidente que estaban de acuerdo y aquello era una cita concertada de antemano. Caminaban lentamente, sumidos en profunda conversación. Ella movía sus manos rápidamente como para mostrar la sinceridad de sus palabras mientras él la escuchaba atentamente, y una o dos veces negó vehementemente con la cabeza. Permanecí entre las rocas observándolos sin saber qué hacer. Unirme a ellos e interrumpir su conversación me parecía un ultraje, y, sin embargo, mi misión consistía en no perderlo de vista ni un instante. Me repugnó tener que espiar a un amigo, pero no se me ocurría nada mejor que seguir observándolos desde la colina y tranquilizar mi conciencia más tarde confesándole a Baskerville lo sucedido. Es cierto que, de surgir cualquier peligro, yo estaba demasiado lejos para poder intervenir. Pero convendrá conmigo en que mi posición era muy difícil y que no podía hacer otra cosa.

Nuestro amigo, sir Henry, y la dama se detuvieron en un punto del sendero, totalmente absortos en su conversación. Algo me llamó la atención y me di cuenta de que no era el único testigo de su conversación. Vi un destello de color verde que flotaba en el aire y una segunda mirada me permitió ver que colgaba de un palo que portaba un hombre que se desplazaba por el irregular terreno. Era Stapleton con su red de cazar mariposas. Él estaba mucho más cerca de la pareja que yo y parecía estar aproximándose a ellos. En ese instante, de repente, sir Henry atrajo a la señorita Stapleton hacia sí. Su brazo la rodeaba, pero me dio la impresión de que ella intentaba desasirse retirando el rostro. Él inclinó su cabeza sobre la de la señorita y ella levantó una mano como para detenerlo. Al instante siguiente, los vi separarse de un respingo y volverse rápidamente. Era Stapleton quien los había interrumpido. Corría ferozmente hacia ellos con su absurda red colgando tras él. Estaba tan excitado, que, más que gesticular, parecía que bailaba frente a los dos amantes. Yo no tenía ni la menor idea de lo que significaba esa escena, pero me pareció que Stapleton estaba insultando a sir Henry, quien intentaba ofrecer una explicación y se enfadaba cada vez más ante la negativa del otro a aceptarla. La dama permanecía de pie en un silencio altivo. Finalmente, Stapleton se giró sobre sus talones e hizo imperiosas señas a su hermana para que esta lo siguiera. Ella lanzó una mirada indecisa a sir Henry y se marchó caminando al lado de su hermano. Los gestos de enfado del naturalista demostraban que también ella había incurrido en su desagrado. El barón los siguió con la mirada durante un minuto y después comenzó a andar lentamente de regreso por donde había venido, con la cabeza inclinada, la viva imagen del abatimiento.

No podía imaginarme qué significaba todo esto, pero estaba muy avergonzado de haber sido testigo de una escena tan íntima sin que mi amigo lo supiera. Así que corrí colina abajo y me encontré con el barón a los pies de esta. Tenía el rostro encendido por la ira y las cejas entrelazadas como si, por más que pensase, no fuese capaz de dar con la solución de algo.

—¡Caramba, Watson! ¿De dónde sale usted? —dijo—. ¿Significa esto que me ha seguido a pesar de todo?

Le expliqué todo detalladamente: cómo me había resultado imposible quedarme atrás, cómo lo había seguido y cómo lo había visto todo. Por un momento sus ojos me fulminaron, pero mi franqueza lo desarmó y explotó en una carcajada más bien algo compungida.

—En fin, cualquiera creería que una pradera era un sitio apropiado para sentirse en privado —dijo—, pero, por todos los demonios, parece que todo el condado ha sido testigo de mi cortejo. De mi más bien desgraciado cortejo. ¿Dónde consiguió asiento?

—Estaba sobre esa colina.

—Una de las últimas filas, ¿eh? Su hermano estaba bien cerca del escenario. ¿Vio cómo se abalanzó sobre nosotros?

—Sí.

—¿Alguna vez ha tenido la impresión de que este hermano suyo estuviese loco?

—No, nunca.

—Yo tampoco lo hubiese imaginado. Hasta hoy lo creí completamente cuerdo, pero créame si le digo que o él o yo deberíamos estar dentro de una camisa de fuerza. ¿Qué tengo de malo? Usted ha vivido conmigo ya varias semanas, Watson. Hable claro. ¿Hay algo en mí que me impida ser un buen esposo para la mujer a la que ame?

—Creo que no.

—Él no puede poner impedimentos por causa de mi posición social, así que debe ser mi persona lo que no le gusta. ¿Qué puede tener en contra mía? Que yo sepa, jamás he perjudicado a hombre o mujer alguna. Y sin embargo, no me deja ni mirarla.

—¿Eso dijo?

—Dijo eso y mucho más. Mire, Watson; la conozco sólo desde hace unas pocas semanas, pero desde la primera vez me di cuenta de que estaba hecha para mí. Y ella también. Juraría que es feliz cuando está conmigo. Hay una luz especial en la mirada de las mujeres más explícita que las palabras. Pero él no nos deja ni a sol ni a sombra y hasta hoy no he encontrado la oportunidad de reunirme con ella para poder charlar a solas. Ella quería encontrarse conmigo, pero no para hablar de amor. Y no me habría dejado hacerlo de haber hallado la manera de detenerme. No dejaba de repetir que este lugar es peligroso y que jamás sería feliz hasta que yo me marchase de aquí. Le dije que desde que la había conocido no tenía ninguna prisa por irme y que si quería que me marchase de aquí, la única forma de conseguirlo era viniendo conmigo. Le pedí que se casara conmigo, pero antes de que pudiera responder llegó ese hermano suyo, corriendo y con la cara descompuesta como si estuviese loco. Estaba pálido de ira y sus ojos centelleaban llenos de furia. ¿Qué le estaba haciendo a la dama? ¿Cómo osaba hacerle insinuaciones que a ella le resultaban tan desagradables? ¿Pensaba que porque era un barón podía hacer lo que me viniese en gana? Si no hubiera sido su hermano habría encontrado una mejor manera de responderle. Pero como resulta que lo es, le dije que mis sentimientos hacia su hermana no son vergonzantes y que esperaba que ella me hiciese el honor de convertirse en mi esposa. Eso no pareció mejorar las cosas. Yo también perdí los nervios y le contesté más airado de lo que tal vez debería haberlo hecho, teniendo en cuenta que ella estaba presente. La cosa ha terminado con la marcha de ambos, como ha visto, y aquí estoy, más desconcertado que cualquier otro hombre de este país. Explíqueme qué está pasando aquí, Watson, y tendré con usted una deuda que jamás seré capaz de saldar.

Intenté ofrecerle una o dos explicaciones, pero yo mismo estaba totalmente perdido. La posición de nuestro amigo, su fortuna, su edad, su carácter, su aspecto... todo está a su favor. No le conozco ningún defecto salvo ese oscuro sino arraigado en su familia. Me resulta del todo extraordinario que se lo rechace de esa manera sin tener en cuenta los deseos de la dama y que ella misma acepte la situación sin rechistar. A pesar de todo, nuestras conjeturas terminaron cuando Stapleton en persona nos visitó esa misma tarde. Vino a pedir disculpas por su comportamiento grosero en esa mañana y el resultado de una larga charla en privado con sir Henry en el despacho de este fue que la brecha entre ellos ha quedado prácticamente cerrada y que, como muestra de ello, cenaremos en su casa el viernes que viene.

—No digo que ya no esté loco —dijo sir Henry—. No puedo olvidar cómo me ha mirado esta mañana mientras corría hacia mí, pero debo admitir que ningún hombre podría ofrecer mejores disculpas que las que él acaba de ofrecerme.

—¿Le ha dado alguna explicación de por qué se comportó así?

—Dice que su hermana es todo lo que tiene en esta vida. Eso es comprensible y me alegro de que él la estime en lo que vale. Siempre han estado juntos y, por lo que me ha contado, siempre ha sido un hombre solitario y la ha tenido a ella por única compañera. La idea de perderla le resulta insoportable. Me ha dicho que no se había dado cuenta de lo unido que yo estaba a ella hasta que lo vio con sus propios ojos. Pensar que ella podría alejarse de él le causó tal conmoción que durante ese rato dejó de ser responsable de lo que decía o hacía. Dice que lamenta profundamente lo sucedido y que reconoce que fue estúpido y muy egoísta por su parte pretender retener a una mujer hermosa como su hermana a su lado durante toda su vida. Y que si ella había de abandonarlo, era preferible que fuese con un vecino como yo y no con cualquier otro. Pero que, de todas formas, es un golpe muy duro para él y necesita tiempo para hacerse a la idea. Dice que retirará cualquier tipo de oposición por su parte si yo prometo dejar las cosas como están durante tres meses y me conformo con cultivar la amistad de la dama sin intentar ganarme su amor. Así se lo he prometido y eso es lo que hay.

Y así se ha resuelto uno de nuestros pequeños misterios. Menos mal que hemos conseguido hacer pie en algún punto del fangal por el que intentamos avanzar. Ya sabemos por qué Stapleton miraba con tan malos ojos al pretendiente de su hermana..., aunque fuera un pretendiente tan bueno como sir Henry. Y paso ya a hablarle de otro cabo que hemos conseguido desenredar de esta intrincada madeja: el misterio de los sollozos nocturnos, la cara mojada por las lágrimas de la señora Barrymore y los paseos secretos del mayordomo a la ventana de celosía del ala oeste. Felicíteme Holmes y dígame que no lo he defraudado como ayudante, que no he defraudado la confianza que depositó en mí cuando me envió aquí. Conseguimos aclarar todas estas cosas en sólo una noche.

He dicho «en sólo una noche», pero es falso. En realidad necesitamos dos noches, pues la primera no sirvió de nada. Permanecí sentado junto con sir Henry en su dormitorio hasta las tres de la madrugada, pero no escuchamos nada a excepción de las campanadas del reloj de la escalera. Fue una vigilia de lo más melancólica y terminó con nosotros dos dormidos en nuestras sillas. Por fortuna no perdimos la esperanza y decidimos probar suerte otra vez. A la noche siguiente bajamos la intensidad de la lámpara y permanecimos sentados, fumando cigarrillos y sin hacer el menor ruido. Era increíble la lentitud con la que transcurrían las horas. Sin embargo, el mismo paciente interés que mantiene al cazador en guardia frente a la trampa en la que espera que caiga la presa, nos ayudó en la espera. Una campanada. Dos. Ya estábamos a punto de rendirnos, desesperados, cuando nos pusimos de pie de un salto con todos nuestros agotados sentidos alerta una vez más. Habíamos oído un crujido provocado por una pisada en el pasillo.

Con sigilo, escuchamos cómo los pasos se alejaban hasta perderse en la distancia. En ese momento, el joven barón abrió suavemente la puerta de su dormitorio y comenzamos nuestra persecución. Nuestro hombre acababa de dar la vuelta a la galería y todo el pasillo estaba a oscuras. Avanzamos con cuidado hasta llegar a la otra ala. Llegamos justo a tiempo para ver por un instante a la alta figura de barba negra que avanzaba de puntillas y con los hombros ligeramente encorvados. Atravesó la misma puerta que la otra vez. La luz de la vela enmarcó la puerta en la oscuridad dejando escapar un único rayo de luz amarilla a través de las tinieblas del pasillo. Seguimos avanzando con cuidado hacia ella arrastrando los pies y tanteando cada plancha de la tarima antes de cargar por completo el peso de nuestro cuerpo sobre ella. Habíamos tenido la precaución de dejar nuestras botas en la habitación, pero aun así las viejas tablas protestaban y crujían a nuestro paso. En ocasiones parecía imposible que no nos oyera aproximarnos, pero afortunadamente es bastante sordo y estaba totalmente concentrado en lo que estaba haciendo. Cuando por fin llegamos a la puerta y espiamos lo que ocurría dentro, vimos a Barrymore en cuclillas frente a la ventana, con la vela en la mano y con su pálida cara pegada al cristal, tal como yo le había visto dos noches atrás.

No habíamos planeado nada, pero el barón es un hombre para quien el mejor sistema es el camino más directo. Entró en la habitación e, inmediatamente, Barrymore se puso en pie de un respingo dejando escapar un agudo siseo de su respiración. Permaneció firme delante de nosotros, temblando y lívido. Los ojos oscuros brillaban en aquella pálida cara y parecían ir a salírsele de las órbitas, mirándonos llenos de horror y asombro.

—¿Qué está haciendo aquí, Barrymore?

—Nada, señor —estaba muy nervioso y casi no podía hablar; el pulso le temblaba tanto que las sombras que la luz de su vela proyectaba no dejaban de danzar por la habitación—. Es la ventana, señor. Doy una ronda por la noche para comprobar que están todas bien cerradas.

—¿Las del segundo piso?

—Sí, señor. Todas las ventanas.

—Mire, Barrymore —dijo sir Henry con firmeza—, estamos decididos a sacarle la verdad, así que le ahorrará disgustos contárnosla cuanto antes. ¡Vamos, sin cuentos! ¿Qué estaba haciendo en esa ventana?

El pobre hombre nos miraba desconsolado y se retorcía las manos como alguien totalmente desesperado y perdido.

—No hacía ningún daño, señor. Acercaba una vela a la ventana.

—¿Y por qué acercaba una vela a la ventana?

—No me lo pregunte, sir Henry, ¡no me pregunte eso! Le doy mi palabra de que no es un secreto que me concierna a mí y no puedo contárselo. Si fuese exclusivamente asunto mío, no le ocultaría nada.

Se me ocurrió una idea de repente y quité la vela del alféizar, donde el mayordomo la había dejado.

—Debe haber estado haciendo señales con ella —dije—. Veamos si obtenemos alguna respuesta.

Sostuve la vela como él lo había hecho y miré al exterior a través de la oscuridad de la noche. La luna se ocultaba tras las nubes y con dificultades pude ver el negro grupo de árboles y la mancha algo más clara que formaba el páramo. Y en ese momento di un grito de alegría, pues una diminuta mancha amarilla acababa de atravesar el oscuro velo y brillaba de manera constante en el centro del cuadrado que formaba el marco de la ventana.

—¡Ahí está! —exclamé.

—No, no, señor; eso no es nada... no es nada —interrumpió el mayordomo—. Le aseguro señor...

—¡Mueva la luz a lo ancho de la ventana, Watson! —exclamó el barón—. Mire, la otra también se mueve. Dinos, pillo, ¿niegas ahora que sea una señal? ¡Vamos, habla! ¿Quién es ese cómplice que tienes ahí fuera y qué tipo de conspiración es esta?

El rostro del hombre se volvió claramente desafiante.

—Es asunto mío y no suyo, señor. No se lo diré.

—En ese caso márchese de esta casa al instante. Está despedido.

—Muy bien, señor. Si es su deseo, así será.

—Se marcha deshonrado. ¡Por todos los demonios, debería darle vergüenza! Su familia ha vivido con la mía durante más de cien años bajo este mismo techo y ahora lo encuentro metido en una oscura conspiración en contra mía.

—No, no, señor. No es en contra suya.

Era una voz de mujer. La señora Barrymore, más pálida y más aterrorizada que su esposo, estaba de pie en la puerta. Su voluminosa figura vestida con un chal y una falda habría resultado cómica de no ser por la intensidad de sentimientos que demostraba su cara.

—Debemos marcharnos, Eliza. Hemos llegado al final. Puedes hacer nuestro equipaje —dijo el mayordomo.

—Oh, John, John, ¿cómo he podido meterte en esto? Es culpa mía, sir Henry; es todo culpa mía. Él no ha hecho nada malo, lo ha hecho todo por mi bien y porque yo se lo pedí.

—¡Hablen entonces! ¿Qué está pasando aquí?

—Mi desdichado hermano está en el páramo muerto de hambre. No podemos dejarle morir en nuestras propias puertas. La luz es la señal de que tenemos su comida lista y su luz nos indica adónde hay que llevarla.

—¿Y su hermano es...?

—El recluso fugado, Selden, el criminal.

—Es la verdad, señor —dijo Barrymore—. Ya le dije que no era un secreto mío y que yo no podía contárselo. Pero ya lo ha oído y verá que si esto es un complot, no está dirigido en su contra, señor.

Este era, pues, el motivo de las silenciosas expediciones nocturnas y la vela en la ventana. Sir Henry y yo mirábamos totalmente sorprendidos a la mujer. ¿Cómo era posible que esta persona de reputación intachable fuese pariente de uno de los más famosos criminales del país?

—Sí, señor. Mi apellido de soltera era Selden y él es mi hermano pequeño. Le consentimos mucho cuando era niño y le dejamos siempre a su aire hasta que llegó a convencerse de que todo el mundo había de plegarse a sus caprichos y él podía hacer lo que le viniese en gana. Se hizo mayor, se juntó con malas compañías y el demonio se apoderó de él. Destrozó el corazón de mi madre y arrastró nuestro nombre por el fango. Con cada uno de sus crímenes se hundía más y más hasta que sólo la misericordia divina le ha salvado de la horca. Pero para mí, señor, siempre será el niño de rizos a quien cuidé y con quien jugué como cualquier otra hermana mayor hubiese hecho. Por eso se escapó de la cárcel, señor. Sabía que yo vivía aquí y que no seríamos capaces de negarle nuestra ayuda. ¿Qué podíamos hacer la noche que se arrastró hasta aquí, cansado y muerto de hambre y con los guardias pisándole los talones? Lo metimos en la casa, le dimos de comer y lo cuidamos. Y entonces, vino usted, señor. Mi hermano pensó que estaría más seguro en el páramo que en cualquier otro sitio hasta que las aguas se calmasen un poco. Y allí sigue escondido. Cada dos noches acercábamos la luz a la ventana para comprobar si seguía ahí fuera. Si teníamos respuesta mi marido le llevaba algo de pan y carne. Todos los días confiábamos en que se hubiese marchado de aquí, pero mientras siguiese ahí, no podíamos abandonarlo. Esta es toda la verdad, como buena cristiana que soy. Puede ver que si hay algo censurable en este asunto, no es culpa de mi marido sino mía, pues todo lo que él ha hecho ha sido por mí.

La mujer hablaba con gran intensidad y seriedad, de manera que sonaba totalmente convincente.

—¿Es esto cierto, Barrymore?

—Sí, sir Henry. Hasta la última palabra.

—En ese caso no puedo culparlo por ayudar a su esposa. Olvide lo que dije. Vayan los dos a su dormitorio y ya seguiremos hablando de esto por la mañana.

Una vez que se fueron, volvimos a mirar por la ventana. Sir Henry la había abierto de par en par y el viento helado nos dio de lleno en la cara. Allá a lo lejos, en medio de la oscuridad, todavía brillaba el diminuto punto de luz amarilla.

—Me maravilla que se atreva —dijo sir Henry.

—Puede que coloque la luz de manera que sólo pueda verse desde aquí.

—Es muy probable. ¿A qué distancia cree que está?

—Creo que próxima a la Roca Hendida.

—No más de una milla o dos de distancia de aquí.

—Como mucho.

—No puede estar muy lejos si Barrymore salía a llevarle la comida. Y el muy villano está ahí esperando al lado de la vela. ¡Por todos los demonios, Watson, voy a dar caza a ese hombre!

Yo había pensado lo mismo. La situación no hubiese sido la misma si los Barrymore nos hubiesen hecho la confidencia por propia voluntad, pero les habíamos obligado a contarnos su secreto. Este hombre era un peligro para la sociedad, un sinvergüenza sin límite para el que jamás podría haber piedad ni excusa posible. Intentando atraparlo para llevarlo a donde no pudiera seguir causando daño, no hacíamos más que cumplir con nuestro deber. Dado el violento y brutal carácter de este hombre, si no hacíamos nada, otros podrían acabar pagando el precio de nuestra inacción. Por ejemplo, cualquier noche podría atacar a nuestros vecinos, los Stapleton. Posiblemente, esta misma idea había cruzado por la mente de sir Henry y era lo que lo impulsaba a embarcarse tan decididamente en esta aventura.

—Iré con usted —dije.

—En ese caso, cálcese las botas y tome su revólver. Cuanto antes salgamos será mejor; nos arriesgamos a que apague la vela y se marche.

Cinco minutos después salíamos por la puerta de la casa y comenzábamos nuestra expedición. Corrimos por entre los arbustos, rodeados por el lúgubre lamento del viento otoñal y el susurro de las hojas que caían de los árboles. La noche olía profundamente a humedad y a naturaleza en descomposición. Una y otra vez, la luna asomaba un instante por entre las nubes y estas la borraban de nuevo del cielo. Tan pronto como llegamos al páramo empezó a llover. Delante de nosotros, seguía ardiendo la vela.

—¿Va usted armado? —pregunté.

—Llevo un palo de caza.

—Debemos acercarnos a él con rapidez, pues dicen que es un hombre desesperado. Debemos atacarlo por sorpresa y reducirlo antes de que tenga tiempo de oponer resistencia.

—Y digo yo, Watson —repuso el barón—, ¿qué opinaría Holmes de todo esto? ¿Qué pasa con todo aquello de «jamás os aventuréis en el páramo cuando la oscuridad protege a las fuerzas del mal»?

Como si se tratase de una respuesta a su pregunta, de la siniestra oscuridad del páramo surgió aquel extraño aullido que ya había escuchado en las proximidades de la gran ciénaga de Grimpen. El viento trajo el aullido hasta nosotros a través del silencio de la noche. Un murmullo profundo y largo que se convertía en un aullido que se elevaba hasta acabar muriendo en un triste lamento. Sonó una y otra vez. Todo el aire resonaba con ese estridente y amenazante grito salvaje. El barón se agarró a una de mis mangas y pude ver palidecer su rostro en la oscuridad.

—¡Cielo santo, Watson! ¿Qué ha sido eso?

—No lo sé. Es uno de los sonidos que se escuchan en el páramo. Lo he oído en otra ocasión.

Se desvaneció y un silencio absoluto cayó sobre nosotros. Permanecimos inmóviles, alerta, pero no volvió a oírse.

—Watson —dijo el barón—, era el aullido de un perro.

En su voz podía escucharse claramente el espanto que se había apoderado de él y esto hizo que se me helase la sangre en las venas.

—¿Qué nombre tiene ese perro? —preguntó.

—¿Cuál?

—El que le ha puesto esa gente.

—Se trata de gente inculta. ¿Qué más da el nombre que le hayan puesto?

—Dígamelo, Watson. ¿Qué es lo que dicen de él?

Dudé, pero no podía zafarme de la pregunta.

—Creen que es el perro de los Baskerville.

Gimió y quedó silencioso por unos instantes.

—Era un perro —dijo por fin—, pero parecía estar a millas de distancia de nosotros.

—Es difícil saber de dónde venía.

—Aumentó y desapareció con el viento. La gran ciénaga de Grimpen está por ahí, ¿verdad?

—Sí, así es.

—Vino de esa dirección. Vamos, Watson, ¿qué cree usted? ¿Era o no era un perro? No soy un niño; no le dé miedo decirme la verdad.

—Stapleton estaba conmigo cuando lo oí por primera vez. Él dice que podría tratarse del sonido que emite un pájaro poco frecuente.

—No, no; era un perro. ¡Dios mío! ¿Habrá algo de verdad en esas historias? ¿Es posible que yo esté en peligro debido a algún poder siniestro? Usted no cree en ello, ¿verdad, Watson?

—No, no.

—Una cosa es reírse de ello en Londres y otra muy distinta estar en medio de la oscuridad del páramo y escuchar un aullido como ese. ¡Y mi pobre tío! A su lado encontraron huellas de un perro. Todo encaja. No me tengo por cobarde, Watson; pero ese sonido me ha dejado helado. ¡Toque mi mano!

Estaba fría como un trozo de mármol.

—Mañana se encontrará perfectamente.

—No creo que pueda olvidar ese aullido. ¿Qué cree que deberíamos hacer ahora?

—¿Quiere que regresemos?

—¡No, por todos los demonios! Hemos venido a capturar a ese hombre y lo haremos. Nosotros perseguimos a un recluso fugado, y un perro del infierno, mal que nos pese, nos persigue a nosotros. Vamos. Resolveremos esto aunque todas las fuerzas del averno estén campando por el páramo.

Avanzamos a trompicones en la oscuridad, por entre las negras siluetas de las agrestes lomas que nos rodeaban y viendo siempre la diminuta luz amarilla frente a nosotros. No hay nada más frustrante que una luz a lo lejos en una noche oscura como la boca del lobo. Unas veces parecía que la luz estaba lejos sobre el horizonte y otras se veía a unas yardas de nosotros. Pero al fin vimos de dónde provenía y nos dimos cuenta de que estábamos realmente cerca de ella. La vela estaba escondida en una hendidura de las rocas, de manera que estas la flanqueaban protegiéndola del viento, a la vez que impedían que alguien, fuera de la mansión Baskerville, pudiera verla. Una roca enorme de granito nos permitió acercarnos. Escondidos tras ella observamos lo que había alrededor de la señal. Resultaba extraño ver arder esta vela en medio del páramo, sin ningún signo de vida a su alrededor; tan sólo una lucecita amarilla y su reflejo en las rocas que la flanqueaban.

—¿Y qué hacemos ahora? —susurró sir Henry.

—Esperaremos aquí. Él debe de estar cerca de la luz. Intentemos verlo.

No había terminado de decir estas palabras cuando lo vimos. De una hendidura en las rocas, por encima del lugar en que ardía la vela, surgió una cara amarillenta llena de maldad; era el rostro de un animal salvaje, recorrida en toda su extensión por pasiones viles. Estaba cubierta de lodo, la barba completamente enredada y mezclada con la maraña que tenía por pelo. Bien podría haber pertenecido a uno de los salvajes de antaño que vivían en las cabañas de las colinas. La luz se reflejaba en sus ojos pequeños y astutos que no dejaban de mirar fieramente a derecha y a izquierda en la oscuridad, como un hábil animal salvaje que ha oído los pasos de los cazadores.

Era obvio que algo le había puesto alerta. Era posible que Barrymore utilizase algún tipo de señal secreta que nosotros no habíamos dado. O quizá era otra cosa lo que le hacía sospechar que algo no marchaba bien, pero vi reflejados todos sus temores en su malvado rostro. En cualquier momento podría apagar la luz y desvanecerse en las sombras. Esto me hizo saltar hacia delante y sir Henry me siguió. En ese instante el fugitivo nos gritó una maldición y nos lanzó una roca que se partió en dos al chocar contra la enorme piedra que nos servía de refugio. Tuve una visión fugaz de su pequeño, compacto y fuerte cuerpo, cuando se puso en pie de un salto y echó a correr. Afortunadamente, la luna salió en ese momento de entre las nubes. Echamos a correr por la cima de la colina mientras nuestro hombre descendía a toda velocidad por el otro lado, saltando por encima de las piedras que se encontraban en su camino como si fuese una cabra montés. Tal vez hubiese podido herirlo con un tiro afortunado de mi revólver, pero sólo lo había llevado conmigo para defenderme si era atacado, no para disparar contra un hombre desarmado que huía.

Sir Henry y yo estábamos en buena forma y éramos buenos corredores, pero nos dimos cuenta rápidamente de que no podríamos darle alcance. Durante mucho tiempo lo vimos, bajo la luz de la luna; era una manchita cada vez más pequeña que se movía ágilmente por entre las rocas de la falda de una colina lejana. Corrimos y corrimos hasta que no pudimos más, pero la distancia entre él y nosotros era cada vez mayor. Finalmente, nos detuvimos y nos sentamos sobre dos rocas, jadeantes, contemplando cómo desaparecía en la distancia.

Y en ese preciso momento ocurrió algo realmente sorprendente. Nos habíamos levantado de las rocas y comenzábamos a regresar a casa dando por perdida cualquier esperanza de atrapar al fugitivo. La luna estaba a baja altura a nuestra derecha y un abrupto pináculo de granito se recortaba contra la silueta curva más baja del disco lunar. Y allí, a contraluz, negra como el ébano bajo esa luz, vi la figura de un hombre sobre el peñasco. No crea que se trataba de un espejismo, Holmes. Le aseguro que no he visto en toda mi vida nada con mayor claridad. Por lo que creo, se trataba de un hombre alto y delgado. Permanecía en pie con las piernas ligeramente separadas, los brazos cruzados y la cabeza levemente inclinada, como si meditase sobre la inmensa vastedad de turba y granito que se extendía tras él. Perfectamente podría haberse tratado del espíritu de ese terrible lugar. No era el fugitivo. Este hombre estaba lejos del lugar por el que el otro había desaparecido y, además, era mucho más alto. Dando un grito de sorpresa se lo señalé al barón, pero desapareció en el breve lapso en que me giré para tomarle el brazo. El afilado pináculo de granito seguía recortándose sobre el extremo inferior del disco lunar, pero ya no estaba la solitaria e inmóvil figura.

Deseaba ir en esa dirección y registrar el peñasco, pero se encontraba algo lejos. Los nervios del barón estaban todavía muy tensos después de haber escuchado el aullido que le hizo recordar la historia de su familia y no era el mejor momento para embarcarlo en una nueva aventura. Él no había visto a ese hombre solitario sobre la roca y no podía sentir la emoción que su extraña presencia y su actitud de mando me hacían sentir a mí. «Sin duda algún guarda», dijo. «El páramo ha estado lleno de ellos desde que este tipo se escapó». Bueno, puede que tenga razón, pero a mí me gustaría tener pruebas de ello. Hoy nos pondremos en contacto con la gente de Princetown para decirles por dónde deben buscar al prisionero evadido, pero es una auténtica lástima que no hayamos conseguido el triunfo de traerlo con nosotros como nuestro prisionero. Estas son todas nuestras aventuras de anoche, y debe reconocer usted, mi querido Holmes, que he hecho un gran trabajo redactando este informe. Muchas de las cosas que escribo son sin duda irrelevantes, pero sigo pensando que lo mejor es que se lo cuente todo y que usted mismo decida cuáles son las que le resultan útiles a la hora de llegar a sus conclusiones. Sin ninguna duda, avanzamos. Por lo menos, por lo que respecta a los Barrymore, sabemos por qué se comportan como lo hacen, y eso ha aclarado mucho la situación. Pero los misterios del páramo y sus habitantes siguen siendo tan inescrutables como antes. Es posible que en mi próximo informe sea capaz de arrojar también algo de luz sobre esto. Lo mejor sería que pudiera usted reunirse con nosotros.

CAPÍTULO X

Algunos fragmentos del diario del doctor Watson

Hasta aquí he podido utilizar los informes que yo mismo escribí a Holmes durante los primeros días. Sin embargo, he llegado a un punto en mi relato en el que me veo obligado a abandonar este sistema y debo fiarme nuevamente de mis recuerdos ayudado por las notas del diario que llevaba por entonces. Algunos fragmentos me permitirán introducir aquellos momentos vividos que permanecen indelebles en mi memoria con todo detalle. Continúo, pues, mi relato a partir de la mañana que siguió a nuestro frustrado intento de captura del prisionero evadido, durante el que vivimos tan extrañas experiencias en el páramo.

16 de octubre.

Día gris y neblinoso. Llovizna un poco. La casa está cubierta por remolinos de nubes que se levantan de cuando en cuando y permiten ver las monótonas curvas del páramo. Delgadas líneas plateadas similares a venas recorren las laderas de las colinas y a lo lejos refulgen los peñascos cada vez que los rayos golpean sus húmedas superficies. La melancolía se extiende dentro y fuera de la casa. Los sobresaltos de la pasada noche han tenido un efecto nefasto sobre el barón. Yo mismo siento una opresión en el corazón y tengo la sensación de que un peligro inminente se cierne sobre nosotros. Un peligro siempre presente, que es lo peor, ya que no soy capaz de definirlo.

¿No tengo acaso motivos para sentir algo así? Si tenemos en cuenta la siniestra secuencia de acontecimientos que estamos viviendo, todo indica que algún influjo maléfico está obrando a nuestro alrededor. Tenemos la muerte del anterior habitante de la mansión, siguiendo lo descrito en la leyenda familiar, y tenemos también los informes de los campesinos de la zona que repiten con insistencia la presencia de una criatura extraña en el páramo. En dos ocasiones yo mismo he oído el sonido que parece el aullido de un perro en la distancia. Un perro espectral que deja huellas y llena el aire con sus aullidos es del todo increíble, imposible, y desafía todas las leyes de la naturaleza. Impensable. Es posible que Stapleton y Mortimer se hayan dejado arrastrar por la superstición; pero si tengo una cualidad, esa es el sentido común, y nada me hará creer en algo así. Si lo hiciese, me pondría al mismo nivel que los pobres campesinos, que, no contentos con un perro sanguinario, lo describen como una criatura que echa fuego por los ojos y por la boca. Holmes jamás daría crédito a estas majaderías y yo trabajo para él. Pero los hechos son los hechos y por dos veces he escuchado ese aullido en el páramo. Supongamos que existe realmente suelto por el páramo un perro de gran tamaño. Esto no lo explicaría todo. ¿Dónde se escondería? ¿Cómo consigue su alimento? ¿De dónde vino? ¿Cómo es que hasta ahora nunca se lo ha visto?

Debo confesar que la explicación científica ofrece al menos tantas dificultades como la sobrenatural. Y, además del perro, no podemos olvidar que en Londres tuvimos pruebas de la intervención humana en este asunto: el hombre del carruaje y la carta de alerta que recibió sir Henry. Esto por lo menos es algo tangible, pero puede ser obra tanto de un amigo como de un enemigo. ¿Dónde está ahora ese amigo o enemigo? ¿Ha permanecido en Londres o nos ha seguido hasta aquí? Sería posible que fuese el extraño que vi sobre el peñasco.

Es cierto que sólo lo vi un momento, pero hay ciertas cosas de las que estoy completamente seguro. No es nadie de por aquí, y de eso estoy seguro porque ya he conocido a todos los vecinos. Era alguien mucho más alto que Stapleton y mucho más delgado que Frankland. Podría tratarse de Barrymore, pero lo habíamos dejado atrás y estoy seguro de que no nos siguió. Un extraño nos sigue la huella, tal como nos la siguieron en Londres. En ningún momento hemos conseguido zafarnos de él. Si pudiese echarle el guante a ese hombre, es posible que por fin acabasen todos nuestros problemas. A partir de ahora, debo concentrar todos mis esfuerzos en conseguir esto.

Lo primero que pensé fue contarle a sir Henry todos mis planes. Lo segundo, y más sensato, es seguir a mi aire y hablar lo menos posible de esto con nadie. Él está callado y angustiado. El ruido que escuchamos en el páramo ha alterado mucho sus nervios. No diré nada que pueda aumentar su inquietud, pero seguiré mis propios planes a fin de alcanzar mi objetivo.

Hemos tenido una pequeña escena esta mañana tras el desayuno. Barrymore pidió permiso a sir Henry para hablar con él en privado y los dos se recluyeron en el despacho de sir Henry durante un rato. Yo estaba sentado en la sala de billar y oí más de una vez cómo sus voces subían de tono y me imaginaba bastante bien cuál sería el motivo de la discusión. Después de algún rato, el barón abrió la puerta y me llamó.

—Barrymore se considera ultrajado —dijo—. Cree que no obramos con limpieza al perseguir a su cuñado, pues él nos reveló su secreto por propia voluntad.

El mayordomo permanecía de pie ante nosotros, muy pálido pero digno.

—Es posible que me haya excedido, señor —dijo el mayordomo—, y si así ha sido le ruego que me disculpe. También quiero añadir que me sorprendió mucho verlos regresar esta mañana y enterarme de que habían intentado capturar al fugado Selden. El pobre hombre ya tiene bastantes cosas encima para que yo ponga a más personas sobre su pista.

—Si nos lo hubiese contado por voluntad propia, la situación habría sido completamente distinta —dijo el barón—. Pero sólo nos lo confesó, mejor dicho, su esposa nos lo confesó, cuando no les quedó más remedio que contarnos lo que sucedía.

—Jamás pensé que ustedes se aprovecharían de la situación, sir Henry. Jamás.

—Ese hombre es un peligro público. Hay casas solitarias desperdigadas por todo el páramo y se trata de alguien que no se detendría ante nada. Eso se ve con sólo echar una mirada a su rostro. Fíjese en la casa del señor Stapleton, por ejemplo, en la que el único defensor es él. Nadie estará seguro hasta que no esté bajo llave.

—No forzará ninguna casa, señor. Le doy mi palabra. Y nunca más molestará a nadie en este país. Le aseguro, sir Henry, que dentro de muy pocos días ya tendremos todo dispuesto para que se marche a Sudamérica. Por el amor de Dios, señor, le suplico que no dé parte a la policía local de que está en el páramo. Ya han abandonado la búsqueda por ahí y puede permanecer escondido hasta que el barco esté listo. No puede delatarlo a él sin mezclarnos a mi esposa y a mí en el asunto. Se lo ruego, señor; no le diga nada a la policía.

—¿Qué opina usted, Watson?

—Si sale del país, los contribuyentes se ahorrarán su carga —contesté, encogiéndome de hombros.

—No cometerá ninguna locura, sir Henry. Le hemos dado todo lo que puede necesitar. Si cometiese algún crimen, se delataría él solo.

—Eso es cierto —dijo sir Henry—. Bien, Barrymore...

—Dios lo bendiga, señor. Y gracias de todo corazón. Mi pobre esposa se moriría si lo metiesen en la cárcel de nuevo.

—Tengo la impresión de que estamos encubriendo una felonía, Watson. Pero después de todo lo que he oído no creo que pudiera delatarlo. Así que se acabó. Muy bien, Barrymore, puede retirarse.

—Ha sido tan amable conmigo, señor, que me gustaría ayudarlo en todo lo que esté en mi mano. Sé algo, sir Henry, que quizá debería haber contado antes, pero no lo descubrí hasta tiempo después de haber concluido la investigación. No se lo he contado a nadie. Tiene relación con la muerte del desdichado sir Charles.

El barón y yo nos pusimos de pie de un salto.

—¿Sabe cómo murió?

—No, señor, eso no lo sé.

—Entonces, ¿de qué se trata?

—Sé por qué estaba a esas horas en la puerta del páramo. Tenía que encontrarse con una mujer.

—¡Para encontrarse con una mujer! ¿Él?

—Sí, señor.

—¿Cómo se llama esa mujer?

—No sé su nombre, pero sus iniciales son «L. L.».

—¿Cómo sabe todo esto, Barrymore?

—Bueno, sir Henry; su tío recibió una carta esa mañana. Normalmente recibía muchas cartas, pues era un hombre público y famoso por su generosidad y buen corazón. Así que todos los que necesitaban algún tipo de ayuda acudían a él. Pero esa mañana dio la casualidad de que sólo recibió esa carta. Y por eso me fijé más en ella. Venía desde Coombe Tracey y la letra era de mujer.

—¿Y bien?

—No le di más importancia al asunto y no lo habría hecho nunca de no ser por mi esposa. Unas semanas más tarde, mientras limpiaba el despacho de sir Charles, al que nadie había entrado desde su muerte, encontró restos calcinados de una carta por detrás de la rejilla. La mayor parte de la carta había sido totalmente destruida por el fuego, pero una pequeña tira, el final del papel, no se había convertido en cenizas y era todavía legible a pesar de que las letras eran ya manchas grises sobre fondo negro. Parecía ser una posdata al final de la carta: «Por favor, como caballero que es, queme esta carta una vez que la haya leído y esté en la puerta que da al páramo a las diez en punto». Y debajo estaba firmada por las iniciales «L. L.».

—¿Conserva todavía esa tira de papel?

—No, señor. Se hizo pedazos en cuanto lo tocamos.

—¿Había recibido sir Henry alguna otra carta escrita por la misma persona?

—La verdad, señor, no me fijé nunca en su correspondencia; no me habría fijado en esta carta si no hubiese sido la única que recibió ese día.

—¿Y no sospecha quién podría ser esta «L. L.»?

—No, señor. No más que usted. Pero creo que si conseguimos averiguar quién es esta dama, sabremos más detalles sobre la muerte de su tío.

—No logro entender, Barrymore, cómo pudo mantener en secreto, durante tanto tiempo, esta importante información.

—Lo descubrimos nada más llegar usted. Tanto mi esposa como yo estábamos muy unidos a sir Charles y recordábamos todo lo que él había hecho por nosotros. Sacar esto a la luz no beneficiaría en nada al desdichado caballero. Y, además, cuando una dama está involucrada, es preferible ser prudente. Hasta el mejor de nosotros...

—¿Cree que este asunto podría manchar su reputación?

—Bueno, señor, pensé que no conseguiríamos nada bueno. Pero ha sido usted tan amable con nosotros, que me parecía una traición no contarle todo lo que sabíamos.

—De acuerdo, Barrymore. Puede usted retirarse.

Una vez que el mayordomo nos dejó solos, sir Henry se volvió hacia mí.

—¿Qué opina de esta nueva pista, Watson?

—Parece que complica todo mucho más.

—Yo también opino lo mismo. Pero si pudiésemos dar con «L. L.», conseguiríamos aclarar este asunto de una vez por todas. Por lo menos ahora tenemos eso. Sabemos que existe una persona que puede contarnos qué pasó; sólo que hay que localizar a esa persona. ¿Qué cree que deberíamos hacer?

—Contárselo a Holmes inmediatamente. Esto le proporcionará la pista que ha estado buscando. O mucho me equivoco, o vendrá de inmediato.

Subí corriendo a mi habitación y escribí un informe a Holmes detallándole la conversación que habíamos mantenido esa mañana con el mayordomo. Era evidente que Holmes tenía mucho trabajo por aquellos días, pues las cartas que yo recibía de Baker Street eran escasas y breves, sin ninguna mención de la información que yo le proporcionaba y con escasas referencias a la misión que yo estaba desarrollando. Sin ningún género de dudas el caso de chantaje en el que Holmes estaba trabajando absorbía sus facultades por completo. Y sin embargo, este nuevo detalle de nuestro caso seguramente captaría de nuevo su atención y renovaría su interés en él.

17 de octubre.

Ha llovido todo el día. El agua de lluvia gotea desde los aleros haciendo susurrar la hiedra. Me he imaginado al fugitivo en ese páramo descolorido, frío e inhóspito. ¡Pobre hombre! Cualesquiera que sean sus crímenes, su sufrimiento inspira clemencia. Recordé al otro: aquel rostro que vimos en el carruaje, la silueta que vi recortada sobre la luna. El hombre misterioso, el hombre de las tinieblas ¿estaba también por ahí fuera? Por la tarde me puse el impermeable y me interné en el empapado páramo; no dejaba de ver imágenes siniestras mientras la lluvia me daba en la cara y el viento silbaba en mis oídos. Que Dios se apiade de quienes anden por la gran ciénaga de Grimpen ahora, pues incluso la tierra firme que la rodea se está convirtiendo en un fangal. Llegué hasta la gran roca *Black* sobre la que vi al vigía solitario. Subí a su escarpada cima y desde allí contemplé las melancólicas tierras que se extendían por debajo de ella. Riachuelos de agua de lluvia corrían por su rojiza superficie y enormes nubes del mismo color que la pizarra se cernían a baja altura sobre el paisaje, rodeando con sus grises jirones las laderas de las extrañas colinas. En la distante hondonada de la derecha y medio escondidas por la niebla, podían verse las delgadas torres de la mansión Baskerville que sobresalían por encima de las copas de los árboles. Eran el único signo de vida humana que podía ver desde donde estaba, además de las cabañas prehistóricas que abundaban en las laderas de las colinas. Por ningún sitio podía ver ni el menor rastro del hombre que había visto allí mismo dos noches atrás.

Mientras regresaba me crucé con el doctor Mortimer que viajaba en su carruaje por uno de los senderos agrestes del páramo que llevaba hasta la lejana granja Foulmire. Es muy atento con nosotros. Prácticamente todos los días ha pasado por la mansión para ver cómo estábamos. Insistió en que subiera a su carruaje y me llevó a casa. Estaba muy preocupado por la desaparición de su pequeño *spaniel*. Salió a correr por el páramo y no regresó nunca. Le di todo el consuelo que pude, pero después de haber visto lo que le pasó al poni en la gran ciénaga de Grimpen, no tengo ninguna fe en que vuelva a ver a su perro de nuevo.

—Por cierto, Mortimer —le dije mientras traqueteábamos por el sendero—, imagino que habrá poca gente de los alrededores que usted no conozca.

—Creo que prácticamente nadie.

—En ese caso, ¿puede decirme a qué mujer corresponden las iniciales «L. L.»?

Pensó durante unos minutos.

—No —contestó—. Hay algunos gitanos y peones a los que no conozco, pero no hay ningún granjero ni ningún habitante del pueblo cuyo nombre responda a esas iniciales. Espere un momento —añadió tras una pausa—. Está Laura Lyons, cuyas iniciales serían «L. L.». Pero ella vive en Coombe Tracey.

—¿Quién es? —pregunté.

—Es la hija de Frankland.

—¡Qué! ¿Frankland el majadero?

—Exacto. Se casó con un artista de nombre Lyons, que vino a hacer bocetos del páramo. Resultó ser un canalla y la abandonó. Por lo que he oído, él no es el único responsable de lo que sucedió. Ella se casó sin el consentimiento de su padre, así que este se negó a saber nada del asunto cuando ella resultó abandonada. Y tal vez tenía más motivos para desentenderse del tema. Así que la relación entre el viejo pecador y la hermosa jovencita no es precisamente buena.

—¿De qué vive ella?

—Sospecho que Frankland le pasa algo de dinero, pero debido a los problemas que él mismo tiene no puede ser una gran cantidad. Por muchas cosas que ella haya hecho, no se puede dejar que caiga por completo en el arroyo. Su historia se supo en la comarca y algunas personas han hecho lo posible por proporcionarle un medio de vida digno. Entre ellas Stapleton y sir Charles. Yo también di algo de dinero. El objetivo era conseguir que se estableciera como mecanógrafa.

Intentó averiguar el motivo de mi interés, pero me las ingenié para no darle demasiadas explicaciones. No hay ningún motivo para confiar este asunto a nadie más. Mañana mismo iré a Coombe Tracey y si puedo entrevistarme con esta Laura Lyons, de dudosa reputación, habré conseguido esclarecer algo en toda esta cadena de misterios. Empiezo a ser astuto como un zorro, sin duda, porque cuando Mortimer empezó a hacer preguntas demasiado insistentes respecto al porqué de mi interés, le pregunté acerca del tipo craneal de Frankland y no dejó de hablar de craneología a partir de ese momento y hasta el final de nuestro trayecto. No en vano llevo años viviendo con Sherlock Holmes. Sólo una cosa más de interés ha sucedido en este tempestuoso y melancólico día; se trata de la conversación que acabo de tener con Barrymore, que además me proporciona un nuevo as que ya jugaré en el momento oportuno.

Mortimer se había quedado a cenar y, tras la cena, él y el joven barón se pusieron a jugar a las cartas. El mayordomo me llevó el café a la biblioteca y tuve la ocasión de hacerle algunas preguntas.

—¿Y bien? ¿Sigue esa joya de pariente que tiene escondido en algún sitio del páramo o ya se ha marchado?

—No lo sé, señor. Pido al cielo que se haya marchado, pues sólo nos ha traído disgustos. Supe de él por última vez cuando le llevé comida. Y de eso hace ya tres días.

—¿No lo vio entonces?

—No, señor. Pero la comida ya no estaba allí cuando volví al lugar.

—Entonces, estaba con seguridad por allí.

—Sí, eso es lo que cabría suponer, señor. A no ser que se la llevara el otro hombre.

Miré fijamente a Barrymore con la taza de café a medio camino de mis labios.

—¿Sabe entonces que hay otro hombre ahí fuera?

—Sí, señor. Hay otro hombre en el páramo.

—¿Lo ha visto?

—No, señor.

—Entonces, ¿cómo sabe que existe?

—Selden me habló de él, señor. Hará una semana o algo más. También se está escondiendo, pero, por lo que sé de él, no se trata de un recluso. No me gusta, doctor Watson; francamente, no me gusta nada —habló de una forma sincera y apasionada.

—Escúcheme, Barrymore; lo único que me interesa de todo lo que sucede aquí es el bienestar de su patrón. Sólo he venido a ayudarlo. Dígame con total franqueza qué es lo que no le gusta.

Barrymore dudó un instante. Parecía que se arrepentía de su súbita explosión o bien no era capaz de dar con las palabras adecuadas para expresar sus sentimientos.

—Es todo lo que está sucediendo, señor —dijo por fin. Con una mano señaló la ventana bañada por la lluvia que se abría sobre el páramo—. ¡Estoy seguro de que se está tramando algo y de que se va a cometer alguna villanía! No sabe cómo me gustaría ver a sir Henry de vuelta en Londres.

—Pero, ¿qué es lo que le preocupa?

—¡Mire cómo murió sir Charles! Por lo que dijo el forense, eso ya fue bastante extraño. Y los ruidos que se escuchan de noche en el páramo. Ningún hombre de por aquí cruzaría el páramo de noche aunque le pagasen por ello. ¿Y qué pasa con ese extraño que anda por ahí fuera, escondiéndose, observando y a la espera? ¿Por qué está ahí? No significa nada bueno para nadie que lleve el apellido Baskerville. Me sentiré muy contento de alejarme de aquí el día que el nuevo servicio de sir Henry se instale en la mansión.

—¿Qué puede decirme de este extraño? —pregunté—. ¿Qué le ha contado Selden de él? ¿Descubrió Selden dónde se esconde o qué es lo que está haciendo aquí?

—Lo vio una o dos veces. Pero es un tipo muy reservado y no habla mucho. Al principio pensó que se trataba de un policía, pero pronto se dio cuenta de que también se estaba escondiendo. Por lo que pudo ver, parecía ser algún tipo de caballero, pero no consiguió descubrir ni quién era ni qué estaba haciendo aquí.

—¿Dónde vive?

—En las viejas casas de la colina, en las cabañas de piedra en las que vivían los antiguos habitantes de la zona.

—¿Y cómo consigue comida?

—Selden descubrió que un chaval trabaja a su servicio y le procura todo lo que necesita. Me atrevería a decir que va a Coombe Tracey si necesita algo.

—Muy bien, Barrymore. Es posible que volvamos a hablar de esto más adelante.

Cuando el mayordomo se marchó me acerqué a la negra ventana y miré al exterior. A través de un cristal empañado vi las nubes desplazándose por el cielo y la agitada silueta de los árboles que el viento sacudía. Era una noche cruda a cubierto. ¿Cómo sería ahí fuera en alguna cabaña en medio del páramo? ¿Cómo de virulento debe ser el odio que un hombre siente para que acabe escondiéndose en un lugar así en semejante noche? ¿Y qué clase de objetivo lo mueve para soportar semejante prueba? Ahí, en esa covacha en medio del páramo, parece encontrarse el nudo central del problema que tan profundamente me ha enojado. Juro que no dejaré pasar ni un día más sin hacer todo lo humanamente posible para llegar al meollo de este misterio.

CAPÍTULO XI

El hombre sobre la roca

Con los fragmentos de mi diario que utilicé para redactar el anterior capítulo hemos llegado hasta el día 18 de octubre, momento a partir del cual todos los extraños sucesos se aceleraron hasta llegar a su terrible final. Todo lo que sucedió en los pocos días siguientes a esta fecha, permanece grabado en mi memoria y puedo continuar mi relato sin necesidad de consultar las anotaciones que realizaba en aquellos momentos. Comienzo, por tanto, a partir del día en que hice dos descubrimientos de importancia. El primero, que la señora Laura Lyons, residente en Coombe Tracey, había escrito a sir Charles Baskerville para concertar con él una cita en el mismo sitio y a la misma hora en que tuvo lugar el fallecimiento de este último. Y el segundo, que debo buscar al extraño que se esconde en el páramo en una de las casas de piedra de la colina. Con estos dos importantes datos en mi poder, sentí que debía faltarme valor o inteligencia si no era capaz de arrojar algo de luz en la oscuridad que nos rodeaba.

No tuve oportunidad de contarle esa noche al barón lo que había descubierto acerca de la señora Lyons, pues el doctor Mortimer se quedó jugando a las cartas con él hasta muy tarde. No obstante, durante el desayuno le informé de todos mis descubrimientos y le pregunté si deseaba acompañarme a Coombe Tracey. En un primer momento se mostró deseoso de hacerlo, pero, pensándolo mejor, decidimos que tal vez sería mejor que fuese yo solo. Era posible que cuanto más formalidad diésemos a la visita, menos información obtuviésemos. Dejé, pues, a sir Henry, no sin remordimientos, y me adentré en mi nueva búsqueda.

Al llegar a Coombe Tracey le pedí a Perkins que detuviera los caballos e investigué dónde podía hallar a la dama a quien había ido a interrogar. No tuve ninguna dificultad para encontrar su alojamiento, pues se trataba de un sitio conocido y céntrico. Una doncella me introdujo sin ceremonias y, al entrar en el salón de estar, una dama que estaba sentada frente a una máquina de escribir Remington, se apresuró a levantarse para recibirme con una dulce sonrisa de bienvenida. Sin embargo, cuando vio que yo era un desconocido le desapareció la sonrisa de golpe, se sentó de nuevo y me preguntó cuál era el objeto de mi visita.

Al mirarla por primera vez, daba la impresión de que la señora Lyons era toda una belleza. Sus ojos y su cabello eran de un profundo color castaño y sus mejillas, aunque bastante pecosas, tenían la exquisita tonalidad de las morenas, ese rosa delicado que sólo se encuentra en el corazón de las rosas amarillas. Como ya he dicho, lo primero que despertaba al verla era admiración. Pero una segunda visión inspiraba la crítica. Había algo en aquel rostro que desentonaba sutilmente; era quizá una expresión excesivamente vulgar, la dureza de la mirada o tal vez un labio inferior algo caído. Allí había algo que evitaba que su belleza fuese perfecta. Pero de todo esto, naturalmente, me di cuenta después. En aquel momento sólo fui consciente de que estaba delante de una mujer muy hermosa y de que ella esperaba que le contase el motivo de mi visita. Hasta ese momento no me había dado cuenta de lo delicada que era mi misión.

—Tengo el placer de conocer a su padre —le dije.

Fue una presentación de lo más torpe, y la dama me lo hizo sentir.

—Mi padre y yo no tenemos nada en común —contestó—. No le debo nada. De no haber sido por la generosidad de sir Charles Baskerville y algunas otras personas consideradas, podría haberme muerto de hambre sin que mi padre moviera un dedo.

—He venido a verla, precisamente, para hablar de sir Charles Baskerville.

Las pecas destacaron aún más sobre el cutis de la dama.

—¿Y qué puedo contarle yo sobre él? —preguntó mientras sus dedos jugaban nerviosos con los marginadores de su máquina de escribir.

—Usted lo conocía, ¿no es así?

—Acabo de decirle que debo mucho a su generosidad. Si ahora tengo un medio de vida es gracias al interés que se tomó en solucionar mi desdichada situación.

—¿Mantenía correspondencia con él?

Levantó la mirada rápidamente y sus ojos castaños me lanzaron una mirada airada.

—¿Por qué me hace estas preguntas?

—Con el objeto de evitar un escándalo público. Es preferible que las preguntas se las haga yo aquí a que la cosa escape a nuestro control.

Estaba callada y muy pálida. Finalmente, me miró de una manera algo imprudente y desafiante.

—En ese caso contestaré a sus preguntas —dijo—. ¿Qué desea saber?

—¿Mantenía correspondencia con sir Charles?

—Desde luego; le escribí una o dos veces para agradecerle su delicadeza y su generosidad.

—¿Recuerda la fecha en la que escribió esas cartas?

—No.

—¿Alguna vez se reunió con él?

—Sí, una o dos veces cuando él venía por Coombe Tracey. Él vivía una vida muy retirada y prefería hacer el bien de incógnito.

—Y si lo veía tan pocas veces y le escribía con tan poca frecuencia, ¿cómo es posible que él supiese cómo marchaban los asuntos de usted para poder auxiliarla, como me acaba de decir?

Ella solventó la dificultad que yo le planteaba rápidamente.

—Eran varios los caballeros que estaban al corriente de mis desdichas y todos ellos se aliaron para ayudarme. Uno de ellos fue el señor Stapleton, vecino y amigo íntimo de sir Charles. Siempre fue extremadamente amable conmigo y fue él quien contó mi historia a sir Charles.

Yo ya sabía que sir Charles había utilizado en más de una ocasión a Stapleton como intermediario, así que lo que la dama decía tenía todos los visos de ser cierto.

—¿En alguna ocasión le pidió que se reuniera con usted? —continué yo.

El enfado le hizo enrojecer.

—La verdad, señor, esta pregunta es realmente sorprendente.

—Lo lamento, señora, pero debo repetírsela.

—En ese caso, la responderé. No, claro que no.

—¿Acaso no lo hizo el mismo día en que sir Charles murió?

El rubor desapareció de sus mejillas en un instante y el que me miraba era un rostro lívido, como si estuviera muerta. Tenía los labios tan secos que apenas podía articular palabra. El «no» que pronunció, más que escucharlo, lo leí en sus labios.

—Me temo que su memoria la traiciona —dije—. Puedo hasta citar un fragmento de su carta en el que usted decía: «Por favor, como caballero que es, queme esta carta una vez que la haya leído y esté en la puerta que da al páramo a las diez en punto».

Pensé que iba a desmayarse. Haciendo un supremo esfuerzo, se recuperó.

—¿Es que ya no quedan caballeros? —dijo casi sin aliento.

—Está siendo injusta con sir Charles. Él quemó su carta; pero en ocasiones una carta puede ser leída incluso tras haber sido quemada. ¿Reconoce entonces que escribió dicha carta?

—Sí, la escribí —exclamó al fin, poniendo todo el alma en el torrente de palabras que pronunció—. Escribí esa carta, sí. ¿Por qué habría de ocultarlo? Pensé que si me entrevistaba con él, lo convencería para que me ayudara en un asunto, así que le pedí que se reuniese conmigo.

—¿Pero por qué a esa hora?

—Porque acababa de enterarme de que él partía al día siguiente hacia Londres y que seguramente se quedaría allí durante varios meses. Tengo mis razones para no haber concertado la cita a una hora más temprana.

—¿Y por qué concertó una entrevista en el jardín en vez de en la mansión?

—¿Cree de veras que una mujer puede ir sola a la casa de un hombre soltero a esas horas?

—De acuerdo. ¿Qué sucedió cuando llegó usted allí?

—No acudí a la cita.

—¡Señora Lyons!

—Se lo juro por lo más sagrado. No fui. Sucedió algo que me impidió ir.

—¿Qué fue lo que sucedió?

—Es algo personal. No puedo contárselo.

—¿Reconoce, pues, que concertó una cita con sir Charles en el mismo lugar y a la misma hora en que este encontró la muerte, pero niega haber acudido a la cita?

—Así es.

Continué interrogándola, pero por más que le pregunté no conseguí que cambiase su declaración.

—Señora Lyons —dije al levantarme para marcharme después de esta larga e infructuosa entrevista—, asume una gran responsabilidad y se pone en una situación muy comprometida si no dice todo lo que sabe al respecto. Si he de recurrir a la policía, se dará cuenta de la situación tan comprometida en la que se encuentra. Si es usted totalmente inocente, ¿por qué inicialmente negó haber escrito esa carta a sir Charles?

—Porque temí que cualquiera pudiese sacar una conclusión falsa y verme envuelta en un escándalo.

—¿Y por qué pidió tan insistentemente a sir Charles que destruyera dicha carta?

—Si la ha leído lo sabrá.

—En ningún momento he dicho que haya leído esa carta.

—Citó un fragmento de ella.

—Cité la posdata. Como ya le dije, la carta había sido quemada y era ilegible. Le pido de nuevo que me diga por qué insistió tanto a sir Charles en que destruyera una carta que recibió el mismo día de su muerte.

—Es un asunto privado.

—En ese caso, razón de más para que me lo cuente si realmente desea evitar una investigación pública.

—Se lo contaré, entonces. Si ha oído algo acerca de mí, sabrá que me casé imprudentemente y que he tenido motivos para arrepentirme por ello.

—Eso es todo lo que sé.

—Un esposo al que aborrezco me persigue constantemente. Tiene la ley de su parte y todos los días me enfrento a la posibilidad de que consiga obligarme a convivir con él. Cuando escribí esa carta a sir Charles acababa de enterarme de que existía una manera de recuperar mi libertad si desembolsaba una cierta cantidad de dinero. Eso significaba todo para mí: paz espiritual, felicidad, recuperar el respeto por mí misma... todo. Sabía que si yo en persona le contaba esto a sir Charles, su generosidad le movería a ayudarme.

—En ese caso, ¿por qué no acudió a la cita?

—Porque en el intermedio recibí ayuda de otra fuente.

—¿Y cómo no escribió a sir Charles y se lo contó?

—Así lo hubiese hecho de no haber leído en el periódico al día siguiente que había fallecido.

Toda su historia encajaba perfectamente y por mucho que le preguntase no conseguiría encontrar ningún fallo en ella. Lo único que podía hacer era comprobar si, efectivamente, ella había iniciado los trámites para divorciarse de su esposo en la época en la que había tenido lugar la tragedia.

Era muy improbable que ella se arriesgase a decir que no había estado en la mansión Baskerville si era mentira, pues habría necesitado algún tipo de carruaje para llegar hasta allí y no habría podido regresar a Coombe Tracey hasta primeras horas de la mañana. Era imposible mantener en secreto una excursión de ese tipo. Lo más probable, por tanto, era que estuviese diciendo la verdad. O al menos parte de la verdad. Me marché de allí descorazonado y desconcertado. Una vez más había llegado a uno de los callejones sin salida que cerraban todos los caminos que tomaba para intentar cumplir con el objetivo de mi misión. Y cuanto más pensaba en el rostro de aquella dama y en su manera de comportarse, más seguro estaba de que me ocultaba algo. ¿Por qué palideció tanto? ¿Por qué negó con tanta insistencia hasta que se vio obligada a reconocer la realidad? ¿Por qué no dijo nada cuando sucedió la tragedia? Estaba seguro de que la explicación a todo esto no era tan inocente como ella intentaba hacerme creer. Por el momento, no podía avanzar más en esa dirección; debía seguir ahora la otra pista e investigar las antiguas cabañas de piedra del páramo.

Y esa era una pista de lo más vaga. Mientras regresaba me di cuenta de que en todas las colinas había restos de antiguos poblados. Lo único que Barrymore había dicho es que este extraño vivía en una de esas cabañas abandonadas. Y había cientos de ellas repartidas a lo ancho y largo del páramo. Pero mi propia experiencia podía guiarme, ya que había visto a ese hombre de pie sobre la roca negra. Ese debía ser el punto de partida para mi búsqueda. A partir de ahí exploraría todos los refugios del páramo hasta que diera con el que buscaba. En caso de que ese hombre estuviese allí oiría de sus propios labios, a punta de pistola si era preciso, quién era y por qué nos había seguido durante tanto tiempo. Es posible que se nos hubiese escapado entre el gentío de Regent Street, pero no lo conseguiría en el solitario páramo. Por otra parte, si localizaba su escondite pero él no estaba allí, lo esperaría montando guardia todo el tiempo que fuese preciso hasta que regresase. A Holmes se le había escapado en Londres; sería todo un logro si consiguiese triunfar en lo que mi maestro había fracasado.

Habíamos tenido todo en contra en nuestra investigación, pero por fin la suerte acudía en mi ayuda. Y el portador de la buena nueva resultó ser nada menos que el señor Frankland, de grises patillas y rostro colorado, quien estaba de pie, junto a la puerta de su jardín, la cual daba a la carretera por la que yo viajaba.

—¡Buenos días, doctor Watson! —exclamó con un desacostumbrado buen humor—. Debería dejar que sus caballos descansasen, entrar en casa y tomar un vaso de vino a mi salud.

Después de haberme enterado de qué manera trataba a su hija no sentía especial simpatía hacia él, pero deseaba enviar a Perkins con el carruaje a casa y la oportunidad era buena. Bajé del coche y envié un mensaje a sir Henry diciéndole que llegaría a casa para la hora de la cena. Por fin, seguí a Frankland hasta su sala de estar.

—Es un gran día para mí, señor. Uno de los mejores días de mi vida —exclamó entre risitas—. He conseguido un objetivo doble. Quiero decir que he conseguido que en estas tierras se enteren de que la ley es la ley y también de que existe un hombre que no teme invocarla. He conseguido establecer un derecho de paso en el centro del parque del viejo Middleton. Cruza justo por medio del parque a menos de cien yardas de la puerta principal de su casa. ¿Qué le parece? Les enseñaremos a esos magnates que no pueden pasarse por debajo de la pata los derechos comunales, Dios los confunda. Y he cerrado al público el bosque que la gente de Fernworthy solía utilizar para ir de pícnic. Parece que esa gente del demonio está convencida de que no existe una cosa que se llama propiedad privada y que pueden inundarlo todo con sus botellas y papeles. Se ha dictado sentencia en ambos casos, y a mi favor en los dos. No he tenido un día tan magnífico desde que conseguí que condenaran a sir John Morland por furtivo cuando se puso a cazar en su propio coto.

—¿Cómo demonios consiguió usted eso?

—Léalo, doctor Watson, léalo. Todo está en los libros y podría serle útil. Frankland *vs.* Morland, Juzgado de Queen's Bench. Me costó doscientas libras, pero conseguí ganar el juicio.

—¿Y qué consiguió usted con ello?

—Nada, señor mío, nada. Puedo decir con orgullo que el asunto me resultaba por completo indiferente. Si actué así fue por puro deber cívico. Por ejemplo, no tengo ninguna duda de que esta noche esas gentes de Fernworthy quemarán un muñeco que representa a mi persona. La última vez que lo hicieron, pedí a la policía que evitara espectáculos de tan mal gusto como ese. El estado de la policía local es francamente lamentable y no me han proporcionado la protección que merezco. El juicio de Frankland *vs.* Regina sacará todo esto a la luz. Les dije que se arrepentirían del trato que me estaban dispensando y mis advertencias están a punto de cumplirse.

—¿Y cómo es eso?

El anciano puso cara de sabérselas todas.

—Porque podría contarles algo que se mueren por saber; pero por nada del mundo ayudaría a esos bribones.

Llevaba un rato intentando pergeñar alguna excusa que me permitiera librarme de la palabrería maliciosa del viejo, pero de repente empecé a sentir un súbito interés por lo que contaba. Ya me había dado cuenta de lo contradictorio de su carácter y sospechaba que si demostraba el menor interés en el asunto no soltaría prenda.

—¿Algún caso de caza furtiva? —dije con indiferencia.

—¡Ja, ja, ja! Algo mucho más importante que eso, mi querido amigo. ¿Y si le digo que se trata del prisionero evadido?

Me quedé pasmado.

—¿Quiere decirme que sabe dónde está? —dije.

—No sé con precisión dónde está, pero estoy seguro de que podría ayudar a que la policía le echara el guante. ¿Nunca se ha dado cuenta de que la manera de atrapar a este hombre era descubrir cómo se alimentaba y seguir a la persona que se encargaba de ello?

Estaba empezando a acercarse a la verdad, lo que resultaba de lo más inconveniente.

—Desde luego —dije—. Pero ¿cómo sabe que sigue en el páramo?

—Lo sé porque he visto con mis propios ojos a la persona que se encarga de llevarle la comida.

Empecé a sentir preocupación por Barrymore. Era muy peligroso estar en las manos de un cotilla rencoroso como este. Pero su siguiente comentario me hizo respirar aliviado.

—Le sorprenderá saber que la comida se la lleva un niño. Lo veo todos los días con el telescopio que tengo instalado en el tejado. Sigue el mismo camino todos los días, a la misma hora. ¿A quién va a ver, si no es al preso fugado?

¡Esto sí que era estar de suerte! Reprimí cualquier muestra de interés. ¡Un niño! Barrymore había dicho que era un chiquillo el que se encargaba de aprovisionar a nuestro hombre misterioso. Frankland había dado con su rastro y no con el de Selden. Si consiguiera sacarle todo lo que sabía, me ahorraría mucho trabajo largo y tedioso. Mis mejores bazas eran la indiferencia y la incredulidad.

—Yo diría que se trata del hijo de algún pastor del páramo que le lleva el almuerzo a su padre.

El menor signo de llevarle la contraria hizo que el viejo autócrata se encendiera en cólera. Me miró con maldad y sus grises bigotes parecieron erizarse como los de un gato enfurecido.

—¡Naturalmente, caballero! —dijo señalando la vasta inmensidad del páramo—. ¿Ve la roca negra allí a lo lejos? Bien, ¿ve esa colina baja detrás de ella que tiene esos espinos en la cima? Esa es la parte más rocosa del páramo. ¿Cree que es el lugar en el que un pastor acamparía? Su sugerencia es completamente absurda, señor mío.

Respondí dócilmente que me había limitado a hablar sin conocer todos los detalles. Mi sumisión le agradó y le incitó a seguir compartiendo confidencias conmigo.

—Tenga por seguro que antes de formarme una opinión sobre algo, me aseguro de conocer bien el asunto. He visto una y otra vez a ese muchacho portando el hatillo. Todos los días, y algunos dos veces. He podido... ¡espere un momento, doctor Watson! ¿Me engañan mis ojos o ahora mismo hay algo que se mueve por la ladera de esa colina?

Estaba a varias millas de distancia, pero pude ver perfectamente un pequeño punto oscuro que se movía sobre el monótono gris y verde del fondo.

—¡Vamos, señor, corra! —gritó Frankland corriendo escaleras arriba—. Lo verá con sus propios ojos y podrá juzgar por sí mismo.

El telescopio en cuestión era un fantástico aparato que estaba montado sobre un trípode en los emplomados lisos de la casa. Frankland pegó su ojo a él y lanzó una exclamación de satisfacción.

—Rápido, doctor Watson, rápido, antes de que pase al otro lado de la colina.

Y allí estaba: un muchacho con un hatillo sobre el hombro, trepando lentamente la ladera de la colina. Cuando llegó a la cresta, vi su figura, harapienta y ordinaria, recortándose contra el frío cielo azul. Miró a su alrededor, con el aire furtivo y sigiloso de alguien que no desea que lo sigan. Y en ese instante desapareció al otro lado de la colina.

—Y bien, ¿tengo razón?

—Desde luego, ese chico tiene pinta de estar cumpliendo un encargo secreto.

—Y hasta un miembro de la policía local podría adivinar de qué tipo de encargo secreto se trata. Pero no les diré ni una palabra y le ruego discreción a usted también, doctor Watson. ¡Ni una palabra! ¿De acuerdo?

—Como usted desee.

—Me han tratado de manera vergonzosa... vergonzosa. Cuando todo salga a la luz en el juicio Frankland *vs.* Regina me imagino que todo el condado arderá en indignación. Pero nada me hará ayudar a la policía. A ellos no les importaría que estos malditos bribones me quemaran a mí mismo en vez de quemar un muñeco. ¡No puede irse ahora, tiene que ayudarme a vaciar la bodega para celebrar una ocasión tan grandiosa!

Pero me resistí a todos sus ruegos y conseguí disuadirle de su empeño en acompañarme caminando hasta casa. Me mantuve sobre la carretera mientras permanecía a su vista y después me desvié y me interné en el páramo en dirección a la colina rocosa tras la que había desaparecido el muchacho. Tenía todo a mi favor y me juré que no desperdiciaría la oportunidad que la fortuna me ofrecía por falta de empeño o tenacidad por mi parte.

El sol estaba a punto de desaparecer cuando llegué por fin a la cima de la colina, y las largas laderas que se extendían por debajo de mí se veían teñidas de un color verde dorado por uno de sus lados, y por el otro estaban ya cubiertas de sombras grises. Una ligera bruma cubría el perfil más lejano del páramo que se recortaba sobre el horizonte, y en él se distinguía la silueta de las rocas que llamaban Belliver y Zorra. No se oía ningún sonido ni se veía el menor movimiento sobre la gran superficie. Un pájaro de gran tamaño, quizá una gaviota o un zarapito, volaba a gran altura por el cielo azul. Parecía que él y yo éramos los únicos seres vivos entre la inmensa bóveda celeste y el desierto que se extendía abajo. La aridez del lugar, la sensación de soledad y lo misterioso y urgente de mi misión, hicieron que se me helara el corazón. No veía al chico por ningún sitio, pero por debajo de donde yo estaba había un círculo de viejos refugios de piedra y, en medio de ellos, uno que conservaba todavía suficiente techumbre para resguardar de las inclemencias del tiempo. El corazón me saltó en el pecho cuando lo vi. Esa era con seguridad la madriguera en la que se escondía el extraño. Finalmente, ponía un pie en el umbral de su escondite: su secreto estaba por fin a mi alcance.

Mientras me acercaba al refugio, avanzando con tanto sigilo como el que desplegaba Stapleton cuando cubría con su red una mariposa posada, me di cuenta, lleno de júbilo, de que aquel sitio estaba habitado. Algo parecido a un camino conducía por entre las piedras hasta la ruinosa abertura que hacía las veces de puerta. En su interior todo estaba en silencio. El desconocido podía estar escondido allí dentro o merodeando por el páramo. La aventura excitó mis nervios. Lancé mi cigarrillo a un lado, apreté con fuerza la culata de mi revólver y, avanzando con rapidez hacia la puerta, miré en el interior. Allí no había nadie.

Pero abundaban las pruebas de que la pista que había seguido era buena. El recluso fugado vivía aquí sin el menor género de duda. Encima de la misma piedra plana sobre la que ya había dormido el hombre prehistórico vi varias mantas enrolladas dentro de un impermeable. En el tosco hogar podía ver los restos de un fuego y a su lado algunos utensilios de cocina y un cubo lleno de agua hasta la mitad. Un montón de latas de comida vacías mostraba que el lugar llevaba algún tiempo habitado. Cuando mis ojos se acostumbraron a la penumbra, vi una lata metálica y a su lado una botella de licor en el rincón. En medio del refugio había una piedra plana que hacía las veces de mesa y sobre ella, sin la menor duda, el mismo hatillo que había visto a través del telescopio sobre el hombro del chiquillo. Contenía una hogaza de pan, una lengua en conserva y dos latas de melocotón en almíbar. Cuando lo dejé de nuevo sobre la mesa después de haberlo examinado, me dio un vuelco el corazón al ver que debajo de él había un pedazo de papel escrito. Lo levanté y, toscamente escrito, leí lo siguiente: «El doctor Watson ha ido a Coombe Tracey».

Durante un minuto permanecí con el papel en las manos, pensando qué sentido tenía este mensaje. Era a mí a quien este hombre vigilaba, no a sir Henry. No me había seguido en persona, sino que había puesto algún agente (quizá este mismo muchacho) tras mis pasos. Y ese era su informe. Era posible que desde que llegué al páramo no hubiese dado ni un solo paso sin que alguien hubiese informado de ello después. Constantemente existía la sensación de que alguna fuerza oculta, con una gran habilidad y delicadeza, nos estaba envolviendo en una red de malla muy fina e invisible, que nos había atrapado con tanta delicadeza que sólo en momentos muy concretos y especiales podíamos percibir su existencia.

Si había un informe, era muy posible que hubiese más, así que registré la cabaña en busca del resto. Sin embargo, no encontré ni rastro de ningún otro informe ni tampoco ninguna pista sobre el carácter o las intenciones del hombre que vivía en un lugar tan singular como aquel; salvo que debía ser de hábitos espartanos y que el confort no debía preocuparle mucho. Al recordar las abundantes lluvias que habían caído y ver el techo prácticamente inexistente, me di cuenta de lo inmutable y firme que debía ser su determinación para permanecer en un refugio tan inhóspito. ¿Era este nuestro encarnizado enemigo, o se trataba, al contrario, de nuestro ángel guardián? Me juré que no me marcharía de allí hasta que lo descubriera.

En el exterior el sol se ponía con rapidez. El cielo ardía en llamas escarlatas y doradas por el oeste. A lo lejos, los charcos y lagunas que había diseminados por la gran ciénaga de Grimpen reflejaban la luz solar convertidos en brillantes manchas de color rojizo. Allí seguían las dos torres de la mansión Baskerville y una nube de humo señalaba dónde estaba la ciudad de Grimpen. Entre las torres y Grimpen, detrás de la colina, estaba la casa de Stapleton. A la luz del atardecer todo resultaba dulce, sereno y apacible. Pero por mucho que mirase a mi alrededor, mi alma no podía compartir la serenidad de la naturaleza, sino que estaba inquieta por el terror y la incertidumbre que el inminente encuentro provocaba. Me senté en el extremo más oscuro de la cabaña, con los nervios en tensión, pero con un objetivo claro. Y esperé tenaz y pacientemente a que su ocupante regresara.

Y, por fin, le oí. Desde lejos llegaba el sonido claro y tintineante de unas botas que avanzaban sobre las rocas. Un paso, otro y otro, acercándose cada vez más. Me arrebujé en el rincón más oscuro y amartillé la pistola que llevaba en el bolsillo, dispuesto a no descubrir mi presencia hasta que no hubiese visto a este extraño. Hubo una larga pausa, señal de que se había detenido, y a continuación los pasos que de nuevo se acercaban hasta que una sombra cubrió el hueco de la puerta.

—Hace una tarde estupenda, Watson —dijo una voz familiar—; estoy convencido de que estará más a gusto aquí fuera que ahí dentro.

CAPÍTULO XII

Una muerte en el páramo

Durante un instante permanecí sentado. Sin aliento. Incapaz de creer lo que acababa de oír. Por fin, mi voz y mis sentidos regresaron, al tiempo que un gran peso pareció quitárseme de encima. Esa voz fría, irónica y mordaz sólo podía pertenecer a una persona de este mundo.

—¡Holmes! —grité—. ¡Holmes!

—Salga —dijo— y, por favor, tenga cuidado con ese revólver.

Me detuve bajo el dintel y lo vi, sentado sobre una piedra y con la risa bailando en sus ojos grises al contemplar la sorpresa en mi atónito rostro. Estaba delgado y desmejorado, pero alerta y despierto. Su rostro estaba moreno por el sol y curtido por el viento. La gorra de cuadros que llevaba le hacía parecer un turista cualquiera de paseo por el páramo y se las había ingeniado para conservar ese aspecto inmaculado, que era uno de sus rasgos distintivos más característicos: estaba tan impecablemente vestido y afeitado como si estuviese en Baker Street.

—En mi vida me he alegrado tanto de ver a alguien —le dije estrechándole la mano.

—Ni tampoco se ha sorprendido tanto, ¿eh?

—Tampoco, lo confieso.

—Le aseguro que no ha sido usted el único sorprendido. No tenía ni la menor idea de que había descubierto usted mi guarida y mucho menos de que se había escondido dentro hasta que estuve a menos de veinte pasos de la puerta.

—Mis huellas, imagino.

—No, Watson. Creo que no sería capaz de distinguir sus huellas de cualesquiera otras. Pero si lo que realmente quiere es despistarme, debe cambiar de proveedor de tabaco. En el momento en que vi una colilla marca Bradley, Oxford Street, supe que mi amigo Watson andaba cerca. La tiene ahí mismo, al lado del sendero. La tiró ahí, sin duda, en el instante supremo en el que entró en la cabaña vacía.

—Exacto.

—Lo imaginé. Y conociendo lo tenaz que es, estaba seguro de que se había sentado, preparando una emboscada, con un arma al alcance de la mano y esperando a que el habitante del refugio regresara. ¿Así que pensaba que yo era el criminal?

—No tenía ni idea de quién se trataba. Pero me había propuesto descubrirlo.

—Excelente, Watson. ¿Y cómo dio conmigo? ¿Me vio tal vez la noche en la que persiguieron al fugado, cuando fui tan imprudente como para dejar que la luna me iluminase por detrás?

—Sí, lo vi en aquella ocasión.

—Y, sin duda, ha registrado todas las cabañas hasta que dio con la buena.

—No. Vieron al chico que le trae la comida y me dieron una pista para encontrarlo.

—El anciano caballero del telescopio, sin duda. No pude imaginar de qué se trataba la primera vez que vi el reflejo de la luz en las lentes —se levantó y miró dentro de la cabaña—. Ajá, veo que Cartwright me ha traído provisiones. ¿Qué es este papel? Así que ha estado en Coombe Tracey, ¿no es así?

—Sí.

—¿Visitando a Laura Lyons?

—Exacto.

—¡Bien hecho! Veo que nuestras investigaciones han seguido caminos paralelos. Espero que cuando unamos nuestros descubrimientos tengamos una visión bastante completa del caso.

—La verdad es que estoy muy contento de que esté aquí. La responsabilidad y el misterio empezaban a ser una carga demasiado fuerte para mis nervios. Pero ¿cómo demonios vino hasta aquí y qué ha estado usted haciendo? Pensaba que estaba en Baker Street resolviendo aquel caso de chantaje.

—Eso es lo que yo quería que usted creyera.

—¡Así que me utiliza, pero no confía en mí! —exclamé con cierta amargura—. Pensé que merecía mejor trato que este de usted, Holmes.

—Mi querido amigo, su ayuda me ha sido indispensable en todo este asunto como en tantos otros, y le ruego que me perdone si da la impresión de que he estado jugando con usted. En parte, fue por su propio bien si obré así y si vine fue porque me di cuenta del peligro que corría usted y deseé observar lo que sucedía por mí mismo. De haber estado con sir Henry y con usted, habría tenido el mismo punto de vista que ustedes dos y, además, mi presencia hubiese puesto a nuestros formidables adversarios en guardia. Tal como he actuado, he podido moverme con una libertad que no habría tenido si me alojase en la mansión y permanecer oculto hasta el momento decisivo.

—¿Pero por qué no me ha dicho nada?

—El que usted lo supiera no nos habría reportado ningún beneficio y, en cambio, tal vez me hubiese descubierto. Habría querido decirme algo o su amabilidad le habría impulsado a procurarme alguna comodidad y habríamos corrido algún riesgo innecesario. Traje a Cartwright conmigo, ¿le recuerda? Es el chiquillo de la oficina de correos, y se ha ocupado de mis necesidades elementales: una hogaza de pan y un cuello limpio. ¿Quién necesita nada más? Además me ha proporcionado otro par de ojos junto con un par de piernas ágiles. Ambas cosas sin precio.

—Ninguno de mis informes sirvió de nada —me tembló la voz al recordar el esmero con el que los había escrito.

Holmes sacó un fajo de papeles de su bolsillo.

—Aquí tengo sus informes, mi querido amigo, y le aseguro que bien leídos. Dispuse las cosas de manera que llegaban hasta mí con sólo un día de retraso. Debo felicitarle por el celo y la inteligencia que ha demostrado en este extraordinariamente complejo caso.

Estaba bastante herido todavía por la decepción sufrida, pero los elogios de Holmes eran tan sinceros que olvidé mi enfado. Y en mi corazón me di cuenta de que lo que Holmes había dicho era cierto y que lo que más nos convenía era que nadie en el páramo supiera de su presencia allí.

—Eso está mejor —dijo Holmes, al ver en mi cara que desaparecía el enfado—. Cuénteme ahora el resultado de su visita a la señora Laura Lyons; no me costó trabajo adivinar que era ella la persona a quien usted había ido a visitar, pues ya me he dado cuenta de que ella es la única persona en Coombe Tracey que puede resultarnos de utilidad en todo este asunto. De hecho, si no hubiese ido usted hoy, es muy probable que hubiese ido yo mañana.

El sol se había ocultado y el crepúsculo se extendía por el páramo. El aire era helado y nos refugiamos dentro de la cabaña en busca de calor. Y allí, sentados ambos en la penumbra, le conté a Holmes mi conversación con aquella dama. Estaba tan interesado que hube de repetir ciertas partes dos veces antes de que quedase satisfecho.

—Esto es de suma importancia —dijo cuando hube concluido—. Explica una laguna que no había sido capaz de rellenar en todo este complejo asunto. ¿Es usted, tal vez, consciente de la intimidad que existe entre la señora Lyons y el señor Stapleton?

—No sabía que existiese ninguna intimidad entre ellos.

—No hay ninguna duda al respecto: se encuentran, se escriben y hay un total entendimiento entre ellos. Esto pone un arma formidable en nuestro poder. Si pudiese utilizarlo para apartar a su esposa...

—¿Esposa?

—Le daré información a cambio de toda la que usted me ha dado a mí. La dama que ustedes creen que es la señorita Stapleton es en realidad su esposa.

—¡Cielo santo, Holmes! ¿Está seguro de lo que dice? ¿Cómo habría permitido que sir Henry se enamorara de ella?

—El que sir Henry se enamore no hace daño a nadie salvo a sí mismo. Y tomó todas las precauciones a su alcance para que sir Henry no cortejase a su esposa, como usted mismo se habrá dado cuenta. Repito: esa dama es su esposa y no su hermana.

—¿Y para qué elaboró este engaño?

—Porque se dio cuenta de que ella le resultaría mucho más útil si la hacía pasar por soltera.

De repente, todas mis vagas sospechas, todos los avisos que me había dado mi instinto, tomaron forma y se centraron en el naturalista. Ese hombre impasible y gris, con su sombrero de paja y su red de cazar mariposas. Me pareció descubrir una criatura terrible, alguien de habilidad y paciencia infinitas, capaz de poner una cara amable mientras planeaba un asesinato.

—¿Es él entonces nuestro enemigo, el que nos siguió en Londres?

—Esa es mi deducción.

—¡Y fue ella la que compuso el mensaje de aviso!

—Exacto.

Una monstruosa villanía medio vista, medio intuida comenzaba a emerger de entre las sombras que me habían rodeado durante tanto tiempo.

—¿Está usted seguro de lo que dice, Holmes? ¿Cómo sabe que esa mujer es su esposa?

—Porque él se confió tanto como para darle a usted un apunte biográfico real la primera vez que ustedes se vieron. Y sospecho que debe estar arrepintiéndose desde entonces. Anteriormente fue maestro de escuela en el norte de Inglaterra. No hay nada más fácil de rastrear que un maestro. Existen agencias escolares que conservan registros que permiten identificar a cualquiera que haya ejercido de maestro. Con un poco de trabajo de investigación descubrí que un colegio se hundió tras una tragedia y que su propietario (utilizaba un nombre distinto) había huido junto con su esposa. Cuando descubrí que el hombre que había huido era un entomólogo entusiasta, confirmé su identidad.

La oscuridad comenzaba a aclararse, pero aún quedaban muchas zonas en sombra.

—Si esa mujer es en realidad su esposa, ¿qué pinta Laura Lyons en todo esto? —pregunté.

—Sus investigaciones han arrojado mucha luz sobre este punto en concreto. En su entrevista con esa dama quedó clara gran parte de la situación. Yo no sabía nada de sus intenciones de divorciarse de su esposo, pero en ese caso, teniendo en cuenta que ella cree que Stapleton es soltero, estoy convencido de que ella cree que se convertirá en su esposa.

—¿Y cuando descubra la verdad?

—Ahí empezará a sernos útil. Lo primero que haremos mañana usted y yo será ir a verla. ¿No cree, Watson, que ya se ha ausentado durante demasiado tiempo de su puesto? Debería estar usted en la mansión Baskerville.

Las últimas manchas rojizas habían desaparecido ya por el oeste y la noche se extendía por el páramo. Unas pocas estrellas no muy luminosas brillaban en un cielo de color violeta.

—Una última pregunta, Holmes —dije mientras me levantaba—. Seguro que ya no es necesario que haya secretos entre nosotros dos. ¿Qué ocurre aquí? ¿Cuál es el propósito de todo esto?

La voz de Holmes se hizo muy profunda antes de responder.

—Asesinato, Watson. Un asesinato refinado, premeditado y a sangre fría. No me pida detalles ahora. Estoy cerrando mis redes alrededor de él como él cierra las suyas alrededor de sir Henry. Gracias a usted, ya lo tengo prácticamente en mis manos. El único riesgo que corremos es que puede que él se decida a actuar antes de que lo hayamos hecho nosotros. En un día, o dos a lo sumo, tendré todo zanjado. Pero hasta entonces cuide de su protegido con el mismo celo con el que una madre cuidaría de su bebé enfermo. A pesar de que su misión de hoy justifica que se haya alejado de su puesto, preferiría que no se hubiese alejado de él. ¡Escuche!

Un grito terrible, prolongado y lleno de terror y angustia estalló en el silencio del páramo. Aquel grito espantoso me heló la sangre en las venas.

—¡Dios mío! —dije con dificultad—. ¿Qué es eso? ¿Qué significa?

Holmes se había puesto en pie de un salto y vi su atlético y oscuro contorno recortarse en el hueco de la puerta, con los hombros algo inclinados, la cabeza adelantada para observar en la oscuridad.

—Silencio —susurró—. Silencio.

El grito había sonado fuerte debido a su vehemencia, pero procedía de algún lugar a gran distancia de la planicie en sombras. En ese momento estalló otra vez en nuestros oídos más cerca, a mayor volumen, más urgente que antes.

—¿De dónde procede? —susurró Holmes; percibí un estremecimiento en su voz que me demostró que el hombre de nervios de acero estaba profundamente conmocionado.

—De ahí, creo —dije señalando un punto en la oscuridad.

—¡No, de ahí!

Una vez más un grito agonizante barrió la noche, a más volumen y más cerca de nosotros que nunca. Oímos un nuevo sonido mezclado con este, un zumbido sordo, profundo, musical y, al mismo tiempo, amenazante, que se elevaba y descendía con una cadencia parecida al profundo y constante murmullo del mar.

—¡El perro! —gritó Holmes—. ¡Vamos, Watson, venga! ¡Que el cielo nos ayude si llegamos demasiado tarde!

Salió corriendo a toda velocidad por el páramo y yo lo seguí pegado a sus talones. En algún punto delante de nosotros, por entre el irregular terreno, sonó un último grito desesperado y tras él un gran golpe sordo. Nos detuvimos a escuchar. Ningún otro sonido rompió el pesado silencio de aquella noche de viento en calma.

Holmes se llevó una mano a la cabeza como un hombre trastornado. Golpeó el suelo con el pie.

—Nos ha vencido, Watson. Hemos llegado demasiado tarde.

—¡No, no, seguro que no!

—¡Qué idiota fui por esperar! Y usted Watson, ¡mire las consecuencias de abandonar su puesto! Pero, ¡por los dioses!, si ha sucedido lo peor, ¡lo vengaremos!

Corrimos a ciegas por la oscuridad, tropezando con las piedras y abriéndonos paso a través de los arbustos de aulaga, subiendo casi sin aliento las colinas y corriendo como locos ladera abajo, corriendo siempre en la dirección de la que provenían aquellos horribles sonidos. En cada elevación del terreno Holmes miraba a su alrededor, pero la oscuridad en el páramo era total y ni un solo músculo de su cara se movía.

—¿Puede ver algo?

—Nada.

—Silencio, ¿qué es eso?

Acabábamos de escuchar un aullido grave. Y sonó de nuevo a nuestra izquierda. En aquel lado, una cordillera de rocas acababa abruptamente en un precipicio que dominaba una ladera moteada de piedras. Sobre la desigual superficie podía verse extendido un objeto oscuro e irregular. Al acercarnos corriendo su perfil difuso comenzó a tomar forma. Era un hombre tumbado boca abajo en el suelo con la cabeza doblada formando un ángulo imposible debajo del cuerpo, los hombros encogidos y el cuerpo recogido como si diera un salto mortal. Su postura era tan grotesca que por un instante no me di cuenta de que aquel aullido terrible había señalado el momento en que su alma abandonaba el cuerpo. La figura oscura sobre la que nos inclinábamos ya no emitía ni el menor suspiro. Ni un roce. Holmes puso su mano sobre él y la levantó enseguida con una exclamación de horror. Encendimos una cerilla y su luz iluminó sus dedos crispados y el horrible charco que manaba incesantemente de su cráneo abierto y que aumentaba de tamaño a gran velocidad. Vimos también algo que hizo que nos diera un vuelco el corazón: era el cuerpo de sir Henry Baskerville.

Ninguno de los dos había olvidado aquel traje rojizo, el mismo que llevaba puesto la mañana que nos conocimos en Baker Street. Lo vimos durante un instante, pues la llama de la cerilla tembló y se apagó, al igual que el último rescoldo de esperanza se había apagado en nuestras almas. Holmes rugió. En la oscuridad vi la palidez de su rostro.

—¡Esa bestia, esa bestia! —exclamé apretando los puños—. ¡Oh, Holmes, no me perdonaré jamás haberlo abandonado a su suerte.

—Yo soy más responsable que usted, Watson. Por tener mi problema perfectamente resuelto y cerrado he desperdiciado la vida de mi cliente. Es el mayor golpe que he recibido en toda mi carrera. Pero ¿cómo iba a saber yo, cómo podía saber, que arriesgaría su vida de esta manera adentrándose solo en el páramo a pesar de todas mis advertencias?

—¡Que hayamos tenido que escuchar sus gritos, Dios mío, esos gritos, sin poder ayudarlo...! ¿Dónde está ese perro infernal que le ha llevado a la muerte? Podría estar escondido entre las rocas en este instante. ¿Y dónde está Stapleton? Pagará lo que ha hecho.

—Lo hará; me ocuparé de que así sea. El tío y el sobrino han muerto asesinados; uno murió de terror al ver un animal que creyó sobrenatural y el otro halló la muerte saltando al vacío para huir de ella. Ahora tenemos que relacionar a la bestia con nuestro hombre. De no ser por lo que hemos oído, no tendríamos ninguna constancia de que dicho animal exista, pues es obvio que sir Henry ha muerto a consecuencia de la caída. Pero, ¡por Dios!, por muy inteligente que sea nuestro hombre, lo tendré a mi merced en un día.

Permanecimos de pie, amargados, uno a cada lado del deshecho cuerpo, con el peso de este desastre irreparable que hacía inútiles todos nuestros esfuerzos, por muy duros y dolorosos que hubiesen sido. La luna ascendía en el cielo mientras nosotros subíamos a la cima de las rocas desde las que había caído nuestro desdichado amigo. Desde allí arriba contemplamos el páramo en sombras, parte de él plateado y parte sumido en las tinieblas. Muy lejos de donde estábamos, a varias millas de distancia en la dirección de Grimpen brillaba una luz fija de color amarillo. Sólo podía ser la solitaria residencia de los Stapleton. Al mirar hacia allí los maldije amargamente mientras agitaba el puño.

—¿Por qué no lo apresamos de inmediato?

—No tenemos nada a lo que agarrarnos. Este tipo es extremadamente astuto y precavido. La cuestión no es lo que sabemos, sino lo que podemos demostrar. Si damos un paso en falso este truhán puede escapársenos.

—¿Qué podemos hacer?

—Mañana será un día duro. Lo único que podemos hacer esta noche es procurar los últimos oficios a nuestro amigo.

Bajamos juntos por la escarpada ladera y nos acercamos al cadáver, oscuro, que resaltaba sobre las piedras plateadas. Al ver la agonía de los retorcidos miembros sentí una punzada de dolor y se me llenaron los ojos de lágrimas.

—Debemos pedir ayuda, Holmes. Nosotros dos solos no podremos llevarlo hasta la mansión. ¡Por amor del cielo, Holmes!, ¿se ha vuelto usted loco?

Había dado un grito y se había inclinado sobre el cuerpo. Al momento se puso a bailar y reír sacudiendo con fuerza mi mano. ¿Era posible que fuese este mi serio e impasible amigo?

—¡Barba! ¡Barba! ¡Este hombre lleva barba!

—¿Barba?

—No es el barón. Es... ¡vaya! Es mi vecino, el recluso fugado.

Con prisa febril dimos la vuelta al cadáver. Su larga barba apuntaba hacia la fría y brillante luna. No había ninguna duda: la frente prominente, los ojos hundidos como un animal. Era la misma cara que me había mirado a la luz de la vela desde lo alto de aquella roca. Era el rostro de Selden, el asesino.

En un instante vi todo claro. Recordé que el barón me había dicho que había dado su antiguo guardarropa a Barrymore. Barrymore se lo había dado a Selden para ayudarlo a escapar. Las botas, la camisa, la gorra... todo era de sir Henry. El hecho no dejaba de ser una tragedia, pero este hombre había sido condenado a muerte por las leyes de nuestro país. Le conté a Holmes lo que sabía al respecto. Mi corazón rebosaba de alegría y gratitud.

—En ese caso, estas ropas han sido las que lo han llevado a la muerte —dijo—. Es evidente que el perro ha olido alguna prenda personal de sir Henry, probablemente la bota que desapareció en el hotel de Londres. Y así consiguió seguir el rastro de este hombre. De todas formas, hay algo muy misterioso: ¿cómo supo Selden en la oscuridad que lo perseguía un perro?

—Lo oiría.

—Oír a un perro por el páramo no asustaría a un hombre como Selden hasta el extremo de correr aterrorizado y gritar a pleno pulmón pidiendo ayuda, con el riesgo que ello suponía de ser capturado. A tenor de sus gritos, tuvo que correr durante un buen rato después de darse cuenta de que el animal lo perseguía. ¿Cómo se dio cuenta?

—Para mí es un misterio aún mayor por qué este perro, si nuestras suposiciones son correctas...

—No son suposiciones.

—De acuerdo; en ese caso, ¿por qué está el perro suelto esta noche? Supongo que habitualmente no andará suelto por el páramo. Stapleton no lo soltaría si no supiese que sir Henry está por aquí.

—Mi duda es aún mayor, pues creo que pronto sabremos la respuesta a la suya, mientras que es posible que la mía no deje nunca de ser un misterio. La cuestión ahora es qué vamos a hacer con el cuerpo de este desgraciado. No podemos dejarlo aquí a merced de los zorros y de los cuervos.

—¿Y si lo ponemos en una de las cabañas hasta que podamos comunicar su muerte a la policía?

—Exacto. Estoy seguro de que entre los dos podremos llevarlo hasta allí. ¡Caramba, Watson! ¿Qué es eso? ¡Es nuestro hombre en persona, por todos los demonios! No diga ni una palabra que pueda hacerle sospechar, o mis planes se irán al garete.

Una figura se acercaba a nosotros a través del páramo y pude ver la mancha incandescente de la colilla de un puro. Al iluminarlo la luna vi también la figura impecable y los andares desenfadados del naturalista. Se detuvo al vernos y continuó acercándose.

—¡Vaya, doctor Watson! ¿Es usted, verdad? Es usted la última persona a quien esperaba ver por aquí a estas horas. ¡Dios mío! ¿Quién es este hombre? ¿Está herido? No... no me digan que es nuestro amigo sir Henry.

Pasó con rapidez por mi lado y se inclinó sobre el fallecido. Le oí aspirar aire con fuerza y se le cayó el puro de la mano.

—¿Quién, quién es este hombre? —tartamudeó.

—Selden, el prisionero que se fugó de Princetown.

El rostro de Stapleton estaba palidísimo cuando se volvió para mirarnos, pero con un supremo esfuerzo fue capaz de sobreponerse a su desilusión y asombro. Nos miró intensamente a Holmes y a mí.

—¡Dios mío! ¡Qué asunto tan desagradable! ¿Cómo murió?

—Parece que se cayó desde esas rocas y se partió el cuello. Mi amigo y yo estábamos paseando por el páramo cuando oímos un grito.

—Yo también oí un grito. Eso es lo que me trajo hasta aquí. Estaba preocupado por sir Henry.

—¿Y por qué por sir Henry, precisamente? —pregunté sin poder contenerme.

—Porque le pedí que nos viéramos por aquí. Me sorprendió que no acudiera a la cita y, naturalmente, me preocupé por su seguridad cuando empecé a oír los gritos por el páramo. Por cierto —sus ojos nos taladraron a Holmes y a mí—, ¿han oído ustedes algo más aparte de los gritos?

—No —dijo Holmes—. ¿Usted sí?

—No.

—¿A qué se refiere entonces?

—Oh, ya sabe: esas historias que cuentan los campesinos acerca de un perro espectral y demás. Dicen que puede oírselo en el páramo por la noche. Me preguntaba si habían oído algo del estilo esta noche.

—No hemos oído nada similar a eso —contesté yo.

—¿Tiene alguna teoría que explique la muerte de este pobre diablo?

—No tengo ninguna duda de que la ansiedad y la vida a la intemperie han debido hacerle perder la cabeza. Corrió por el páramo fuera de sí y, finalmente, cayó desde lo alto de esas rocas y se partió el cuello.

—Parece la explicación más lógica —dijo Stapleton y dio un suspiro que creí que indicaba su alivio—. ¿Qué opina de todo esto, señor Holmes?

Mi amigo inclinó la cabeza apreciando su cumplido.

—Es rápido identificando a las personas —comentó.

—Llevamos esperando su presencia aquí desde que vino el doctor Watson. Ha llegado justo a tiempo de presenciar una tragedia.

—Desde luego. Estoy convencido de que la explicación de mi amigo es exacta. Mañana me llevaré de vuelta a Londres una experiencia bastante desagradable.

—¿Regresa a Londres mañana?

—Esa es mi intención.

—Confío en que su visita haya arrojado algo de luz sobre los acontecimientos que nos tienen tan desconcertados a nosotros.

Holmes se encogió de hombros.

—No siempre salen las cosas como uno desea. Un investigador trabaja con hechos, no rumores o leyendas. No he obtenido resultados satisfactorios.

Mi amigo habló con su estilo más despreocupado y franco. Stapleton lo miró fijamente. Luego me miró a mí.

—Les sugeriría que llevásemos a este pobre hombre a mi casa; pero mi hermana se llevaría tal susto que creo que es preferible que no lo hagamos. Creo que con que le cubramos el rostro con algo podemos olvidarnos de él hasta la mañana.

Y eso fue lo que hicimos. Después de rechazar las ofertas de hospitalidad de Stapleton nos dirigimos hacia la mansión Baskerville, dejando que el naturalista regresase solo. Nos giramos y lo vimos avanzando despacio por el vasto páramo. Y detrás de él, la mancha oscura sobre la ladera plateada, el sitio donde yacía el hombre que había encontrado allí su triste destino.

—Por fin estamos cerca de tenerlo en nuestras garras —dijo Holmes mientras caminábamos juntos cruzando el páramo—. ¡Qué presencia de ánimo tiene este tipo! Hay que ver cómo fue capaz de disimular el *shock* que ha debido ser para él descubrir que el hombre que ha caído en su trampa no es el que él quería. Ya se lo dije en Londres, Watson, y se lo repito ahora: por fin nos hemos topado con un adversario digno de nuestro acero.

—Lamento que lo haya visto a usted.

—Y al principio también yo lo lamenté. Pero no había manera de evitarlo.

—¿Cómo cree que afectará a sus planes el que él sepa que está usted aquí?

—Es posible que sea más cauteloso o puede que decida llevar a cabo alguna acción desesperada de inmediato. Es probable que, como la mayoría de los delincuentes, confíe en exceso en su propia inteligencia y esté convencido de que nos ha engañado por completo.

—¿Y por qué no lo arrestamos de inmediato?

—Querido Watson, nació usted para ser un hombre de acción; su primera idea es siempre hacer algo impulsivo. Supongamos, por suponer algo, que lo arrestamos esta noche: ¿en qué rayos mejoraría nuestra situación? No podemos probar nada en su contra. ¡Esto es lo más endiabladamente complicado de todo este asunto! Si él utilizase algún cómplice humano, podríamos conseguir algún tipo de prueba; pero aunque hiciésemos pública la existencia del perro no conseguiríamos por ello implicar a su amo.

—En cualquier caso, tenemos material para una denuncia.

—En absoluto. Sólo tenemos sospechas y conjeturas. Se reirían de nosotros en cualquier tribunal si presentásemos esta historia y las pruebas que hasta ahora tenemos.

—Pero tenemos el cadáver de sir Charles.

—Que fue encontrado sin una sola señal de violencia en el cuerpo. Usted y yo sabemos que murió de un ataque de pánico y también sabemos qué fue lo que le asustó, pero ¿cómo conseguiríamos que un jurado compuesto por doce hombres cabales también lo supiese? ¿Hay alguna señal de que hubiese allí un perro? ¿Dónde están las marcas de sus colmillos? Nosotros sabemos que un perro, claro está, no muerde a un cadáver, y que sir Charles estaba ya muerto antes de que la bestia estuviese a su lado. Pero debemos ser capaces de probar todo eso, y ahora mismo no podemos.

—¿Y qué pasa con lo sucedido esta noche?

—No hemos mejorado gran cosa. No hay conexión directa entre el perro y la muerte de este hombre. No hemos visto el perro. Lo oímos. Pero no podemos probar que estuviese siguiendo el rastro de este hombre. No tenemos un móvil. No, mi querido amigo, debemos resignarnos a que, de momento, no tenemos nada y que merece la pena arriesgarnos para conseguir pruebas.

—¿Y qué propone usted?

—Confío en que la señora Laura Lyons nos ayude en cuanto sepa lo que está sucediendo realmente. Y también tengo un plan propio. Hasta mañana tendremos al mal ahí, pero confío en que antes de que acabe el día lo habré resuelto todo.

No conseguí sacarle nada más y caminó hasta las puertas de la mansión absorto en sus propios pensamientos.

—¿Viene?

—Sí, ya no hay motivo para seguir escondiéndome. Una última cosa, Watson: no le diga ni una palabra sobre el perro a sir Henry. Déjele que crea que la muerte de Selden se produjo tal como Stapleton quería hacernos creer. Estará en mejores condiciones de enfrentarse a la difícil experiencia de mañana, pues, si no recuerdo mal, debe cenar en casa de los Stapleton.

—Y yo también.

—En ese caso tendrá que poner alguna excusa, pues sir Henry debe ir solo. Tiene fácil arreglo. Y ahora, si llegamos tarde a la cena, podremos apañárnoslas para devorar lo que nos den.

CAPÍTULO XIII

Tendemos la trampa

Sir Henry, más que sorprenderse, se alegró enormemente de ver a Sherlock Holmes, pues hacía ya varios días que estaba convencido de que los acontecimientos de los últimos tiempos lo llevarían hasta allí. Sin embargo, enarcó las cejas al comprobar que este no traía equipaje ni tampoco daba ninguna explicación acerca de los motivos para permanecer ausente. Entre nosotros dos conseguimos satisfacer las necesidades de Holmes rápidamente y en una tardía cena explicamos al barón una versión conveniente de nuestras aventuras durante la tarde. Pero en primer lugar tuve que cumplir con el desagradable deber de informar de la muerte de Selden a Barrymore y a su esposa. Seguramente para él fue un alivio indescriptible, pero ella lloró amargamente sobre su delantal al saberlo. Para el mundo entero Selden era un ser violento, un cruce entre un demonio y una bestia, pero para ella siempre fue el muchachito obstinado que conoció cuando era también una chiquilla, el que siempre iba agarrado de su mano. Realmente malvado ha de ser el hombre que no tenga ni una sola mujer que le llore.

—Desde que se marchó, Watson, he estado todo el día vagando por la casa sin saber muy bien qué hacer —dijo el barón—. Creo que deberían confiar algo en mí, pues me he mantenido fiel a la promesa que hice. De no tener palabra, a lo mejor habría pasado una tarde algo más entretenida, pues recibí un mensaje de Stapleton pidiéndome que me reuniera con él.

—Estoy seguro de que su tarde hubiese sido mucho más entretenida —dijo Holmes con sequedad—. Por cierto, supongo que le gustará saber que le hemos llorado convencidos de que se había desnucado.

A sir Henry se le pusieron los ojos como platos.

—¿Y cómo ha sido eso?

—El desgraciado Selden llevaba puesta su ropa. Me temo que su criado se la dio, y eso podría ponerlo en una situación comprometida con la policía.

—No es probable. Por lo que sé, esa ropa no tenía ninguna señal que pudiera identificarla.

—Eso es una suerte para su criado; de hecho, es una suerte para todos ustedes, ya que todos se han saltado la ley. No tengo claro si, dado que soy un detective consciente de mi deber, mi primera labor no debería ser arrestar a todos los habitantes de esta casa. Los informes de Watson son muy comprometedores.

—¿Y respecto a nuestro caso? —preguntó el joven barón—. ¿Ha conseguido desenmarañar la madeja? Creo que Watson y yo no hemos conseguido aclarar mucho las cosas desde que llegamos aquí.

—Creo que no va a pasar mucho tiempo antes de que pueda explicarle qué es lo que está pasando aquí. Se trata de un asunto extremadamente difícil de desentrañar y de lo más complejo. Quedan todavía algunas cuestiones que aclarar, pero está todo prácticamente resuelto en cualquier caso.

—Vivimos toda una experiencia, como seguramente ya le ha contado Watson. Hemos oído al perro por el páramo, así que estoy seguro de que no se trata únicamente de una superstición. Trabajé con perros cuando estuve en el Oeste y sé distinguir uno cuando lo oigo. Si es capaz de ponerle bozal y correa a este, creeré que realmente es usted el mejor detective de todos los tiempos.

—Podré ponerle el bozal y la correa si usted me ayuda a hacerlo.

—Haré todo lo que me pida.

—Magnífico. Además debo pedirle que lo haga a ciegas, sin preguntar constantemente el porqué.

—Como desee.

—Si lo hace, creo que resolveremos pronto el problema que nos atañe. No dudo...

Se calló de golpe, con la mirada fija en algún punto por encima de mi cabeza. La luz de la lámpara le daba de lleno en la cara. Su mirada era tan intensa que parecía una estatua griega, la personificación de la expectación y la alerta.

—¿Qué ocurre? —preguntamos nosotros dos a la vez.

Me di cuenta cuando miró hacia abajo que disimulaba una fuerte emoción interna. Su cara mostraba una expresión normal, pero sus ojos brillaban de entusiasmo e hilaridad.

—Disculpen el entusiasmo de un *connaisseur* —dijo, mientras señalaba con su mano la colección de retratos familiares que tapizaban la pared frente a la que él estaba—. Watson jamás reconocerá que sí tengo conocimientos de arte, pero son simples celos por su parte, ya que tenemos puntos de vista opuestos al respecto. Esta colección de retratos es realmente buena.

—Celebro oírle decir eso —dijo sir Henry mirando sorprendido a mi amigo—. No fingiré ser un entendido en este tema y soy capaz de juzgar mucho mejor la calidad de un caballo o un buey que la de un cuadro. No tenía ni idea de que dedicaba tiempo a algo así.

—Sé si algo es bueno cuando lo veo, y lo que veo ahora lo es. Juraría que ese de ahí, la dama vestida de seda azul, es un Kneller. Y el caballero grueso de la peluca debe ser un Reynolds. Supongo que son retratos familiares, ¿no es así?

—Todos ellos.

—¿Sabe sus nombres?

—Barrymore ha estado instruyéndome y creo que puedo recitar bien la lección.

—¿Quién es el caballero del telescopio?

—Ese es el contraalmirante Baskerville, que sirvió a las órdenes de Rodney en las Indias Occidentales. El hombre del abrigo azul, que lleva un rollo de papel en la mano, es sir William Baskerville. Fue presidente de las comisiones de la Casa de los Comunes durante el gobierno de Pitt.

—¿Y quién es el caballero que está enfrente de mí, el que va vestido con terciopelo negro y encaje?

—Tiene derecho a pedir información sobre él. Ese es el causante de todas nuestras desgracias, el malvado Hugo, el hombre que originó la leyenda del perro de los Baskerville. No creo que seamos capaces de olvidarlo.

Miré el retrato con interés y algo de sorpresa.

—¡Caramba! —exclamó Holmes—. Parece un hombre tranquilo y de modales elegantes. Aunque me atrevería a decir que hay un brillo maligno en sus ojos. Me lo había imaginado más robusto y con más aspecto de rufián.

—No hay ninguna duda respecto a la veracidad de la identidad: en la parte posterior del lienzo aparece su nombre y la fecha, 1647.

Holmes no habló mucho más, pero parecía que el cuadro del viejo truhán ejercía algún tipo de fascinación sobre él, pues no apartó la vista del cuadro durante toda la cena. Solo más tarde, una vez que sir Henry se hubo retirado a su habitación, pude seguir el hilo de sus pensamientos. Me llevó de nuevo a la sala de banquetes y con la vela de su dormitorio iluminó el retrato manchado por el tiempo.

—¿No ve nada?

Miré el amplio sombrero de plumas, los tirabuzones, el cuello de encaje y el rostro severo que quedaba enmarcado entre ellos. No era el semblante de una bestia, pero sí era estirado, duro, severo. La boca, de labios finos, tenía una expresión adusta y los ojos eran fríos e intolerantes.

—¿No le recuerda a nadie que conozca?

—La mandíbula es parecida a la de sir Henry.

—Tal vez, sí. Espere un instante.

Se subió a una silla, mientras sujetaba la vela con la mano izquierda, con el brazo derecho tapó el enorme sombrero y los tirabuzones.

—¡Cielo santo! —exclamé asombrado.

El rostro de Stapleton surgió de aquel lienzo.

—¡Ajá, ahora lo ve! Mis ojos están acostumbrados a fijarse en los rostros, no en los adornos. De lo primero que debe ocuparse un detective criminal es de aprender a ver a través de los disfraces.

—Es asombroso. Podría ser su retrato.

—Sí, las similitudes entre ambos, tanto físicas como espirituales, son muy interesantes. El estudio de los retratos familiares convierte a cualquier hombre en un devoto de la teoría de la reencarnación. Es evidente que ese tipo es un Baskerville.

—Y pretende heredar.

—Exacto. Este cuadro nos ha proporcionado de pura casualidad uno de los datos que más falta nos hacía. Ya es nuestro, Watson, ya es nuestro. Me atrevo a decir que mañana estará revoloteando indefenso en nuestra red como una de esas mariposas que él mismo colecciona. Sólo necesitaremos un poco de corcho, un alfiler y una tarjeta para incluirlo en nuestra colección de Baker Street.

A esto siguió una de sus poco frecuentes carcajadas mientras se alejaba del cuadro. Le he oído reír en pocas ocasiones y siempre ha significado la desgracia de alguien.

Al día siguiente me levanté temprano, pero Holmes había madrugado todavía más que yo, pues lo vi acercarse por el camino totalmente vestido.

—Tenemos un día completo por delante —comentó, y se frotó las manos feliz ante la perspectiva de entrar en acción—. Las redes están ya colocadas y la cacería está a punto de empezar. Antes de que termine el día sabremos si hemos conseguido cobrarnos este gran lucio de fuertes mandíbulas o si bien se nos ha escapado por entre la malla de las redes.

—¿Viene del páramo?

—He ido a Grimpen a enviar un informe a Princetown respecto a la muerte de Selden. Creo que puedo prometer que ninguno de ustedes tendrá ningún problema al respecto. Y me he puesto también en comunicación con mi fiel Cartwright, quien se habría quedado rondando alrededor de la puerta de mi cabaña como un perro ante la tumba de su amo si no lo hubiese tranquilizado.

—¿Cuál es nuestro próximo movimiento?

—Ver a sir Henry. ¡Ah, ahí está!

—Buenos días, Holmes —dijo el barón—. Tiene usted el aspecto de un general que junto a su comandante en jefe prepara una batalla.

—Eso es exactamente lo que estamos haciendo. Watson me estaba pidiendo sus órdenes.

—Yo también deseo las mías.

—Muy bien. Esta noche debe ir a cenar a casa de los Stapleton, si no me equivoco.

—Espero que pueda acompañarnos. Son gente muy hospitalaria y estoy seguro de que les gustará mucho verlo.

—Me temo que Watson y yo tenemos que marcharnos a Londres.

—¿A Londres?

—Sí, creo que tal como están las cosas, le seremos de más utilidad allí.

El joven barón puso cara larga.

—Creía que me ayudaría usted a salir de este atolladero. Ni esta mansión ni el páramo son lugares precisamente agradables cuando uno está solo.

—Mi querido amigo, debe confiar en mí y hacer exactamente lo que yo le pida. Diga a sus amigos que nos hubiese complacido acompañarlo esta noche, pero que un asunto urgente nos ha obligado a volver a la ciudad. Esperamos estar pronto de regreso en Devonshire. ¿Se acordará de darles este mensaje?

—Si insiste en ello...

—Le aseguro que no tenemos otra opción.

El ceño fruncido del barón mostraba lo herido que estaba por lo que él creía ser una deserción.

—¿Cuándo desean marcharse? —preguntó fríamente.

—Inmediatamente después del desayuno. Iremos en coche hasta Coombe Tracey. Watson dejará aquí sus cosas como garantía de que regresará a su lado. Watson, debe escribir usted una nota a Stapleton excusando su asistencia esta noche.

—Me apetece ir a Londres con ustedes —dijo el barón—. ¿Por qué he de quedarme aquí?

—Porque su puesto está aquí. Porque me dio su palabra de que haría lo que yo le dijera.

—De acuerdo, me quedaré aquí.

—Una última cosa. Quiero que vaya en coche hasta la casa Merripit, pero mande el carruaje de regreso a la mansión y dígales a los Stapleton que regresará a casa caminando.

—¿Quiere que regrese caminando a través del páramo?

—Sí.

—Pero eso es precisamente lo que me dijo que no debería hacer jamás.

—En esta ocasión podrá hacerlo sin preocuparse ni lo más mínimo. Si no confiase en su valor y en su temple no le pediría que lo hiciera, pero es fundamental que me haga caso.

—Entonces, así lo haré.

—Y si en algo aprecia su vida, no ande por el páramo si no es por el sendero que une la casa Merripit con la carretera de Grimpen, es decir: el camino natural para regresar hasta aquí.

—Así lo haré.

—Excelente. Ojalá podamos marcharnos justo después del desayuno de manera que estemos en Londres a mediodía.

A pesar de que recordaba que Holmes le había dicho a Stapleton la noche anterior que su visita terminaría al día siguiente, yo estaba muy sorprendido por este programa de mano. No se me había ocurrido que Holmes pretendiera que yo lo acompañase y tampoco entendía por qué quería que los dos nos marchásemos de allí en un momento que él mismo definía como crucial. En cualquier caso, no quedaba más remedio que obedecer. Nos despedimos de nuestro amigo, que quedó muy compungido, y un par de horas después estábamos en la estación de Coombe Tracey despidiendo al carruaje para que iniciara su camino de regreso. En el andén nos esperaba un muchacho joven.

—¿Alguna instrucción, señor?

—Regresa en este tren a la ciudad, Cartwright. En cuanto llegues envía un telegrama en mi nombre a sir Henry Baskerville y le dices que si encuentra la libreta de notas que he olvidado en su casa, la mande por correo certificado a Baker Street.

—Sí, señor.

—Y pregunta en la oficina de correos de la estación si tienen algún mensaje para mí.

El chico regresó con un telegrama que Holmes me dio a leer. Decía:

«Recibí telegrama. Llego con orden de arresto. Llegaré cinco cuarenta – Lestrade».

—Este es en respuesta a uno que yo le envié a él esta mañana. Es el mejor del gremio. Creo que puede que necesitemos su ayuda. Y ahora, Watson, pienso que la mejor manera de ocupar nuestro tiempo es visitando a su ya conocida Laura Lyons.

Su plan de campaña empezaba a ser evidente. Se serviría del barón para hacer creer a los Stapleton que nos habíamos marchado de allí realmente y, en cambio, estaríamos preparados para intervenir en el momento en el que sir Henry nos necesitase. Si sir Henry hablaba de este telegrama a los Stapleton, estos quedarían convencidos de que realmente nos habíamos marchado a Londres. Vi cómo nuestras redes rodeaban al lucio de fuertes mandíbulas.

La señora Laura Lyons estaba en su oficina y Sherlock Holmes inició nuestra entrevista yendo directo al grano y con una franqueza que a ella la dejó completamente sorprendida.

—Estoy investigando las circunstancias que rodearon la muerte de sir Charles Baskerville —dijo—. Mi amigo me ha informado de la charla que mantuvo con usted y también de que usted le ocultó información relacionada con este suceso.

—¿Qué le oculté? —preguntó ella desafiante.

—Ha confesado usted que pidió a sir Charles que estuviera en la puerta que comunica con el páramo a las diez de la noche. Sabemos que ese es el lugar y el momento de su muerte. Usted ha ocultado deliberadamente la relación entre ambos hechos.

—No hay ninguna relación.

—En ese caso, la casualidad es francamente sorprendente. Pero creo que, a pesar de todo, conseguiremos establecer un nexo entre ambos sucesos. Voy a ser totalmente franco con usted, señora Lyons. Estamos investigando este asunto como un caso de asesinato y creemos que en él está implicado, no sólo su amigo Stapleton, sino también su esposa.

La dama se levantó de un salto de su silla.

—¡Su esposa! —exclamó.

—Ha dejado de ser un secreto. La mujer que ha estado haciéndose pasar por su hermana es en realidad su esposa.

La señora Lyons se sentó de nuevo. Sus manos estaban aferradas a los brazos de su silla con tanta fuerza que las uñas eran de color blanco.

—¡Su esposa! —repitió—. ¡Su esposa! Él decía que era soltero.

Sherlock Holmes se encogió de hombros.

—¡Demuéstrelo! ¡Demuéstrelo! Y si puede hacerlo... —el feroz brillo de sus ojos era más elocuente que sus palabras.

—Vengo preparado —dijo Holmes sacando varios papeles de su bolsillo—. Aquí tiene una fotografía de esa pareja tomada en York hace cuatro años. En el reverso está escrito «Señor y señora Vandeleur»; a él lo reconocerá sin dificultad alguna. Y a ella también si la ha visto alguna vez. Tengo aquí también descripciones de los señores Vandeleur, quienes en aquella época dirigían el colegio privado St. Oliver, escritas por testigos de fiabilidad probada. Léalas y dígame si le queda la menor duda acerca de la identidad de estas personas.

Las miró y a continuación levantó la vista hacia nosotros con rostro rígido y todo el aspecto de una mujer desesperada.

—Señor Holmes —dijo—, este hombre me dijo que se casaría conmigo si yo conseguía el divorcio de mi marido. El muy canalla me ha mentido, me ha mentido en todo. No me ha contado ni una sola cosa que sea verdad. Pero ¿por qué? ¿Por qué? Yo pensaba que todo era por mi bien. Pero ahora me doy cuenta de que para él no fui nada más que una herramienta. ¿Por qué habría de seguir siéndole fiel cuando él nunca me lo fue a mí? ¿Por qué habría de intentar protegerlo de las consecuencias de los terribles actos que ha cometido? Pregúnteme lo que quiera, no ocultaré nada. Pero le juro una cosa: cuando escribí esa carta, jamás sospeché que nada malo sucedería al anciano caballero. Él siempre fue mi más estimado amigo.

—Lo creo completamente, señora —repuso Holmes—. El relato de lo sucedido podría resultarle muy penoso y quizá sea más sencillo que yo le cuente a usted lo que sucedió y usted me corrija donde sea necesario. ¿Fue Stapleton el que le sugirió que escribiera la carta?

—Me la dictó él.

—Supongo que para que usted la escribiera utilizó como pretexto el que así usted podría conseguir el dinero que necesitaba para divorciarse.

—Exacto.

—Y una vez que envió la carta, ¿la convenció para que no acudiera a la cita?

—Me dijo que le resultaba humillante que otro hombre tuviera que procurarme el dinero que necesitaba para algo así. Y que, por pobre que él fuera, utilizaría hasta el último penique en destruir los obstáculos que nos mantenían separados.

—Parece ser un hombre muy coherente. ¿Y no supo usted nada más hasta que vio en el periódico la noticia de la muerte de sir Charles?

—No.

—¿Y le hizo jurar que no diría nada a nadie de su cita con sir Charles?

—Así es. Me dijo que había sido una muerte muy extraña y que si se sabía lo de nuestra cita, me convertiría en sospechosa. Me asustó para que no contase nada.

—Lo más probable. Pero usted sospechaba algo, ¿no es así?

Dudó y bajó la mirada.

—Sabía cómo era —dijo—. Pero si no me hubiese mentido, nunca lo habría traicionado.

—Creo que ha tenido mucha suerte —dijo Sherlock Holmes—. Le ha tenido usted en sus manos, él lo sabe y usted vive para contarlo. Lleva usted varios meses viviendo en el filo de la navaja. Debemos despedirnos ya de usted, señora Lyons. Es probable que reciba noticias nuestras en breve.

—Empezamos a vencer todas las dificultades de este caso y este empieza a estar claro —dijo Holmes mientras esperábamos la llegada del expreso de Londres—. En breve podré hacer el relato completo del crimen más singular y asombroso de los últimos tiempos. Si nos remontamos a los anales del crimen, encontramos hechos parecidos en Grodno, Rusia, en el año 1866. Y no podemos olvidar a los asesinos Anderson, en Carolina del Norte. Pero este asunto tiene rasgos propios muy característicos. Todavía no tenemos pruebas concretas contra este hombre tan extraordinariamente inteligente. Pero me sorprendería enormemente no haberlo resuelto todo esta noche antes de que nos acostemos.

El expreso de Londres entró ruidosamente en la estación y de un vagón de primera clase bajó de un salto un hombre pequeño, nervudo y con aspecto de bulldog. Nos dimos la mano y en la reverente mirada que Lestrade dedicó a mi compañero vi que había aprendido mucho desde los primeros días en los que trabajaron juntos. Recordaba perfectamente las burlas que las teorías de Holmes provocaban en el pragmático investigador.

—¿Algo que merezca la pena?

—Lo mejor con lo que nos hemos encontrado en años —dijo Holmes—. Disponemos de dos horas, antes de que tengamos que ponernos a trabajar. Podríamos emplearlas en comer y en quitarle a usted la bruma que trae de Londres, dándole un baño del saludable aire nocturno de Dartmoor. ¿No lo conoce? Ah, pues no creo que olvide fácilmente su primera visita.

CAPÍTULO XIV

El perro de los Baskerville

Uno de los defectos de Holmes, si es que se le puede llamar defecto, era lo reacio que se mostraba a contar sus planes en detalle a cualquier otra persona hasta el mismo instante de ponerlos en práctica. En parte, era obvio que obraba así debido a esa naturaleza suya de líder que le impulsaba a sorprender y quedar por encima de quienes lo rodeaban. Pero en parte también se debía a su cautela profesional, que lo obligaba a no correr riesgos jamás. En cualquier caso, el resultado era que quienes trabajaban como colaboradores o ayudantes suyos lo pasaban mal. Muchas veces he sufrido a causa de ello, pero nunca tanto como durante aquel largo trayecto nocturno en carruaje. Teníamos delante el gran desafío final; por fin, íbamos a realizar nuestro último esfuerzo y Holmes no soltaba prenda. Yo sólo podía imaginar qué era lo que íbamos a hacer. Tenía los nervios en tensión cuando por fin, en la oscuridad, recibí el frío aire en el rostro, vi el espacio despejado a ambos lados de la estrecha carretera y supe que estábamos de nuevo en el páramo. Cada zancada de los caballos, cada giro de las ruedas nos aproximaba a nuestra gran aventura final.

La presencia del cochero del carruaje que habíamos alquilado limitaba nuestra conversación, así que estuvimos hablando de cosas sin importancia a pesar de que nuestros nervios estaban excitados por la emoción y la impaciencia. Me sentí aliviado después de tener que reprimirnos de una manera tan artificial al ver que dejábamos la casa de Frankland atrás y que por fin nos acercábamos a la mansión y, por tanto, a nuestro escenario. No llegamos hasta la misma entrada sino que nos detuvimos cerca de la puerta que se abría al paseo. Pagamos el transporte y lo enviamos inmediatamente de regreso a Coombe Tracey. Nosotros comenzamos a caminar hacia la casa Merripit.

—¿Lleva algún arma, Lestrade?

El pequeño detective sonrió.

—Mientras lleve pantalones, llevaré un bolsillo, y mientras lleve un bolsillo, llevaré algo dentro de él.

—¡Bien! Mi amigo y yo vamos también preparados para cualquier contingencia.

—Es usted muy reservado con este asunto, señor Holmes. ¿A qué jugamos ahora?

—Jugamos a esperar.

—¡Caramba!, no parece un lugar muy alegre —dijo el detective con un escalofrío, mientras miraba las deprimentes laderas de la colina y el enorme banco de niebla que cubría la gran ciénaga de Grimpen—. Veo las luces de una casa enfrente de nosotros.

—Es la casa Merripit, nuestro destino. Debo pedirles que caminen de puntillas y que, si han de hablar, susurren.

Avanzamos con cautela por el sendero como si nos dirigiésemos a la casa, pero Holmes nos detuvo doscientas yardas antes de llegar a ella.

—Aquí está bien —dijo—. Estas rocas de la derecha nos cubrirán.

—¿Tenemos que esperar aquí?

—Sí, desde aquí tenderemos nuestra emboscada. Métase en este agujero, Lestrade. Usted ha estado en la casa, ¿no es así, Watson? ¿Sabe dónde están las habitaciones? ¿Adónde corresponden esas ventanas con maineles?

—Creo que son las ventanas de la cocina.

—¿Y la que está más allá, la que brilla con tanta intensidad?

—Eso, sin duda, es el comedor.

—Las persianas están levantadas. Usted conoce el terreno mejor. Vaya hasta allí con sigilo y mire qué están haciendo, pero, por el amor de Dios, ¡que no lo descubran espiándolos!

Caminé de puntillas por el sendero y me detuve detrás de la pared baja que rodeaba el atrofiado huerto. Moviéndome con cautela en la oscuridad llegué hasta un punto desde el que podía observar a través de la ventana, que tenía las cortinas descorridas.

En la habitación sólo había dos hombres, sir Henry y Stapleton. Estaban sentados uno a cada lado de la mesa circular de manera que me ofrecían sus perfiles. Los dos estaban fumando un puro y tenían café y vino delante de ellos. Stapleton charlaba animadamente, pero el barón parecía pálido y preocupado. Quizá lo inquietaba el paseo que tenía que dar por el páramo maldito.

Mientras miraba, Stapleton se levantó y salió de la habitación; sir Henry llenó su copa de vino y se reclinó en su asiento fumando su puro. Oí crujir la puerta y los pasos de alguien sobre la gravilla. Los pasos avanzaron a lo largo del sendero al otro lado de la pared tras la que yo me escondía. Mirando por encima de ella pude ver cómo el naturalista se detenía frente a la puerta de una caseta situada en una esquina del huerto. Oí girar una llave dentro de una cerradura y mientras él entraba se oyó un curioso ruido que parecía como si alguien estuviese raspando algo. Estuvo un minuto o algo así allí dentro y a continuación oí de nuevo la llave en la cerradura. Pasó una vez más por mi lado y entró otra vez en la casa. Vi cómo se reunía de nuevo con su invitado y me arrastré de regreso sigilosamente hasta donde mis compañeros esperaban que les contase lo que había visto.

—¿Y dice, Watson, que la dama no está con ellos? —preguntó Holmes cuando terminé de informarle.

—No.

—¿Dónde puede estar? No hay luz en ninguna otra habitación, salvo en la cocina.

—No se me ocurre dónde puede estar.

Como ya he dicho, sobre la gran ciénaga flotaba una densa mancha de niebla de color blanco. Se aproximaba lentamente hacia donde estábamos, a baja altura, impenetrable y bien definida. La luz de la luna brillaba sobre ella y parecía una enorme placa de hielo de resplandor trémulo. Por encima de la niebla sobresalían las cimas de los lejanos peñascos, que parecían flotar sobre ella. Holmes miraba cómo esta lenta marea se nos aproximaba y masculló entre dientes impaciente:

—Se está acercando a nosotros, Watson.

—¿Es grave?

—Es muy grave. De hecho es lo único que podría torcer mis planes. Ya no puede tardar mucho; son casi las diez. Nuestro éxito y su vida incluso dependen de que avance por ese camino antes de que se nos eche la niebla encima.

Sobre nuestras cabezas la noche era agradable y sin nubes. Las estrellas brillaban, frías, a lo lejos y la media luna del firmamento bañaba el lugar con una luz tenue y misteriosa. Delante de nosotros teníamos el gran mazacote que era la casa, cuyo tejado dentado y las altivas chimeneas se recortaban nítidamente contra un cielo de brillo argénteo. Rayos de luz dorada procedentes de las ventanas del primer piso cruzaban el huerto y el páramo. De repente, una de ellas se cerró. Los criados acababan de salir de la cocina. Sólo permanecía encendida la luz de la lámpara del comedor, en el que los dos hombres, el anfitrión homicida y el invitado, ajeno a lo que sucedía, seguían charlando y fumando sus puros.

Cada minuto que pasaba, la nube blanca y algodonosa, que ya cubría la mitad del páramo, se acercaba más y más a la casa. De hecho, los primeros jirones de niebla rozaban ya el rectángulo iluminado de la ventana. El extremo más alejado del cercado del huerto era ya invisible y los árboles sobresalían de entre vaharadas de humo blanco. Mientras observábamos, remolinos de niebla rodearon las esquinas de la casa y formaron un banco de niebla denso a baja altura sobre el que sobresalían el primer piso y el tejado. La casa parecía un extraño bajel que flotaba en un mar de sombras. Holmes golpeaba con una mano, impaciente, la roca que nos ocultaba y golpeaba el suelo con los pies.

—Si no sale antes de un cuarto de hora la niebla cubrirá el sendero. Dentro de media hora no nos veremos las manos.

—¿Y si nos alejamos un poco y nos situamos sobre terreno algo más elevado?

—Sí, eso servirá.

Así pues, mientras el banco de niebla avanzaba, nosotros nos alejamos hasta que estuvimos a media milla de la casa. El mar denso y blanquecino seguía avanzando lenta pero inexorablemente, mientras la luna daba reflejos plateados a su superficie.

—Nos estamos alejando demasiado —dijo Holmes—. No podemos arriesgarnos a que le den alcance antes de que llegue a nuestra posición —cayó de rodillas y pegó la oreja al suelo—. ¡Gracias a Dios! Creo que ya viene.

El silencio del páramo fue roto por unos pasos rápidos. Agazapados entre las rocas, mirábamos fijamente el banco de niebla plateado que teníamos delante. Los pasos se aproximaron y de la niebla surgió el hombre que estábamos esperando. Miró a su alrededor sorprendido al salir a la clara noche cuajada de estrellas. Empezó a avanzar rápidamente por el sendero, nos dejó atrás y comenzó a subir la ladera de la colina que teníamos a nuestra espalda. Caminaba mirando continuamente hacia atrás, como un hombre que no las tiene todas consigo.

—¡Silencio! —gritó Holmes al tiempo que amartillaba su revólver—. ¡Atención! ¡Ahí viene!

Se oía el continuo avanzar crujiente de algo que se acercaba a nosotros desde el interior del banco de niebla. La nube estaba a cincuenta yardas de nosotros y los tres la observábamos horrorizados sin saber muy bien qué saldría de ella. Yo estaba al lado de Holmes y miré durante un instante su rostro. Estaba pálido y exultante, con los ojos brillantes bajo la luz de la luna. De repente, sus ojos se quedaron fijos en un punto y sus labios se entreabrieron por la sorpresa. Al mismo tiempo Lestrade dio un grito de terror y se tiró al suelo boca abajo. Me puse en pie de un salto aferrando mi pistola con una mano inerte y con la mente paralizada ante la espantosa figura que acababa de surgir de la niebla frente a nosotros. Era un perro, un enorme perro negro como el carbón, distinto de cualquier otro que el ojo humano haya visto antes. Lanzaba fuego por las fauces y los ojos le brillaban con un resplandor ardiente. El hocico, los pelos del lomo y la papada estaban envueltos por las llamas. Ni el delirio de una mente enferma habría podido concebir jamás una imagen más feroz, más infernal y más aterradora que aquella forma salvaje y maligna que surgió de la niebla.

La criatura galopaba a toda velocidad por el sendero tras las huellas de nuestro amigo. Nos quedamos paralizados y no recobramos nuestro temple hasta que pasó de largo por nuestro lado. En ese momento Holmes y yo disparamos contra él a la vez. La criatura emitió un horrible aullido y supimos que al menos uno de nuestros disparos le había alcanzado. Sin embargo, no se detuvo, sino que siguió avanzando a grandes saltos. Vimos a sir Henry, lejos de donde estábamos nosotros. Se había vuelto, mirando hacia atrás. A la luz de la luna vi que estaba palidísimo. Tenía las manos levantadas y miraba lleno de espanto la cosa que estaba a punto de echársele encima.

Pero el grito de dolor de la criatura había eliminado todos nuestros miedos por completo: era vulnerable, mortal. Si habíamos sido capaces de herirlo, podíamos matarlo. En mi vida he visto correr a un hombre como vi correr a Holmes esa noche. Soy un buen corredor, pero Holmes me sacó muchísima ventaja esa vez. Al igual que yo saqué mucha ventaja al pequeño detective. Mientras corríamos por el sendero oíamos los repetidos gritos de sir Henry y los profundos rugidos del perro. Llegué a tiempo para ver cómo la bestia saltaba sobre su presa, la derribaba al suelo y se lanzaba a su cuello, pero en ese preciso instante Holmes descargó cinco balas de su revólver en el flanco del animal. La bestia dio un último aullido agónico y cayó al suelo con las cuatro patas, frenéticas, en el aire. Me incliné sobre ella, jadeando, y apoyé mi revólver sobre la terrible cabeza que continuaba brillando, pero era inútil efectuar el disparo: el enorme perro estaba muerto.

Sir Henry permanecía inmóvil donde había caído. Le desabrochamos el cuello y Holmes murmuró una plegaria dando las gracias a Dios cuando vimos que no tenía ninguna herida. Habíamos conseguido rescatarlo justo a tiempo. Los párpados de nuestro amigo temblaban incontrolables y hacía tan sólo débiles esfuerzos por moverse. Lestrade metió su petaca de coñac entre los dientes del barón y al instante dos ojos aterrorizados nos miraron.

—¡Dios mío! —susurró—. ¿Qué ha sido eso? ¡Por el amor del cielo! ¿Qué era eso?

—Sea lo que fuere, está muerto. Hemos acabado con el fantasma de la familia de una vez por todas.

Si sólo teníamos en cuenta su tamaño y fuerza, la criatura que teníamos delante era una bestia extraordinaria. No era un sabueso puro ni tampoco un mastín puro, pero parecía ser un cruce de ambos: delgado, salvaje y tan grande como una leona de pequeño tamaño. Todavía ahora, en la inmovilidad de la muerte, parecía que sus mandíbulas seguían desprendiendo llamas azuladas y los pequeños y hundidos ojos seguían rodeados por una aureola llameante. Toqué el hocico incandescente y al levantar mis dedos estos también brillaban en la oscuridad.

—Es fósforo —dije.

—Un preparado francamente astuto —dijo Holmes olisqueando el cadáver del animal—. Ningún otro olor puede disimular el del fósforo. Le debo una disculpa, sir Henry, por haberle aterrorizado de esta manera. Esperaba un perro, pero no esta bestia. Y la niebla ha impedido que pudiéramos estar preparados antes.

—Me ha salvado la vida.

—Después de haberla puesto en peligro. ¿Puede ponerse en pie?

—Deme otro trago de ese coñac y estaré listo para cualquier cosa. ¡Ahora! ¿Me ayudan, por favor? ¿Qué propone que hagamos a continuación?

—Dejarlo a usted aquí. Ya ha tenido bastantes emociones por esta noche. Si nos espera aquí, uno de nosotros lo acompañará a la mansión.

Intentó sostenerse sobre sus pies, pero todavía estaba extremadamente pálido y le temblaban todos los miembros. Lo ayudamos a sentarse sobre una roca y, temblando aún, se cubrió el rostro con las manos.

—Ahora debemos dejarlo —le dijo Holmes—. Tenemos que terminar nuestro trabajo y cada segundo que pasa cuenta. Ya podemos presentar cargos, pero tenemos que atrapar a nuestro hombre.

—Es muy improbable que lo encontremos a estas alturas en su casa —continuó diciendo Holmes mientras deshacíamos nuestros pasos sendero arriba a toda velocidad—. Los disparos le habrán hecho darse cuenta de que todo ha terminado.

—Estábamos bastante lejos y seguramente la niebla los amortiguó.

—Tenga por seguro que salió tras el perro para llamarlo de vuelta. No, no, ¡ya se nos habrá escapado! Pero registraremos la casa y nos cercioraremos...

La puerta principal estaba abierta, así que entramos y corrimos de habitación en habitación para sorpresa de un viejo criado tembloroso con el que nos cruzamos en uno de los pasillos de la casa. Sólo había luz en el comedor, pero Holmes encendió una lámpara y no dejó ni un sólo rincón de la casa sin registrar. No vimos ni rastro del hombre al que perseguíamos. En la planta de arriba, sin embargo, encontramos un dormitorio cerrado con llave.

—¿Hay alguien aquí dentro? —gritó Lestrade—. Oigo cómo se mueve. ¡Abra la puerta!

Oíamos un murmullo ahogado y algo que rozaba contra otra cosa. Holmes dio una patada a la puerta, justo por encima de la cerradura, y la abrió de par en par. Empuñando nuestras pistolas, los tres nos lanzamos dentro de la habitación.

Pero no nos encontramos al rufián desafiante al que buscábamos, sino un objeto tan extraño como inesperado, que nos dejó clavados en el suelo, mirándolo sorprendidos.

La habitación parecía un pequeño museo. Contra las paredes se alineaban cajas con la tapa de cristal llenas de mariposas y polillas en distintas etapas de su desarrollo, cuya colección constituía el pasatiempo de aquel hombre tan complejo y peligroso. En el centro de la habitación había un pilar que en alguna época se colocó allí para reforzar las vigas comidas por las termitas que cruzaban el techo. Una figura estaba atada a este pilar, tan envuelta y cubierta por las sábanas que habían utilizado para atarla, que no era posible saber si se trataba de un hombre o de una mujer. Una toalla le rodeaba el cuello y estaba atada por la parte posterior del poste. Otra cubría la parte inferior del rostro, dejando asomar tan sólo dos ojos negros, llenos de vergüenza, pena e interrogantes que nos miraron fijamente. En un minuto habíamos conseguido rasgar la mordaza y desatar los nudos, y la señora Stapleton cayó a nuestros pies. Su cabeza cayó sobre su pecho y vimos la huella que había dejado un latigazo en su cuello.

—¡El muy animal! —exclamó Holmes—. Traiga esa petaca de coñac, Lestrade. Póngala en la silla. Se ha desmayado a causa de los malos tratos y el agotamiento.

Ella abrió los ojos de nuevo.

—¿Está bien? —preguntó—. ¿Se ha salvado?

—No podrá escapar de nosotros, señora.

—No, no, no hablo de mi esposo. Sir Henry, ¿está bien?

—Sí.

—¿El perro?

—Muerto.

Dio un largo suspiro de satisfacción.

—¡Gracias a Dios! ¡Gracias a Dios! ¡Miren cómo me ha tratado este villano! —se arremangó las mangas del vestido y vimos que tenía los brazos llenos de moretones—. Pero esto no es nada, nada. Lo que ha torturado, lo que ha mancillado ha sido mi alma, mi mente. Podía soportarlo todo: malos tratos, soledad, una vida de mentiras, todo, siempre y cuando pudiera mantener la esperanza de que tenía su amor. Pero ahora sé que también en eso he sido su juguete, un simple instrumento —rompió a sollozar apasionadamente mientras hablaba.

—No le debe nada, señora —dijo Holmes—. Díganos dónde podemos encontrarlo. Si alguna vez ha colaborado con él en el mal, redímase ayudándonos.

—Sólo puede haber huido a un lugar —respondió ella—. Hay una vieja mina de estaño, abandonada, en una isla en el centro de la ciénaga. Es allí donde ocultaba al perro y donde preparó un refugio. En ese lugar se habrá escondido.

El banco de niebla parecía lana blanca apretándose contra la ventana. Holmes acercó la lámpara a él.

—Miren —dijo—. Nadie sería capaz de internarse por la ciénaga de Grimpen esta noche.

Ella rio y dio palmas; sus ojos y sus dientes brillaban con una alegría feroz.

—Es posible que consiga internarse en la ciénaga, pero no conseguirá salir jamás —exclamó ella—. ¿Cómo podría seguir esta noche las señales que pusimos? Entre los dos plantamos las varitas que le sirven de guía por dentro de la ciénaga. ¡Si hubiese podido quitarlas hoy! Ahora lo tendrían en sus manos.

Era evidente que era inútil iniciar la persecución hasta que no se hubiese levantado la niebla. Mientras eso sucedía, dejamos a Lestrade al cuidado de la casa y Holmes y yo regresamos junto con el joven barón a la mansión Baskerville. Ya no podíamos ocultarle durante más tiempo lo que realmente sucedía con los Stapleton y soportó con valor el duro golpe que supuso para él conocer la verdad acerca de la mujer de la que estaba enamorado. Las emociones de la noche le habían destrozado los nervios y antes de que amaneciera cayó en un delirio provocado por la fiebre. El doctor Mortimer permaneció a su cuidado. Decidimos que los dos se embarcasen en un viaje alrededor del mundo a fin de que sir Henry volviese a ser el mismo hombre saludable y cordial que era antes de que tomase posesión de una fortuna marcada por la desgracia.

Y me dispongo ya a relatar cómo terminó esta historia tan extraordinaria, en la que he intentado que el lector compartiera los miedos y vagas sospechas que durante tanto tiempo ensombrecieron nuestras vidas y terminaron de una manera tan trágica. La mañana que siguió a la noche en la que murió el perro amaneció sin niebla, y la señora Stapleton nos acompañó hasta el punto en donde comenzaba el sendero que ella y su marido habían encontrado por el interior de la ciénaga. La alegría y entusiasmo que la mujer mostraba al ponernos sobre la pista de su marido nos ayudó a comprender el infierno en el que debía haber vivido. La dejamos en la delgada península de turba que formaba una parte de tierra firme que se adentraba en la inmensa ciénaga. Donde finalizaba la península comenzaba un zigzagueante sendero marcado por varitas que señalizaban un camino seguro por entre matojos de juncos y evitaban esas manchas de color verde sucio que ocultaban los fosos y peligrosos barrizales que mantenían alejados a los forasteros. Exuberantes cañaverales fétidos y plantas acuáticas de aspecto viscoso emitían un olor a podredumbre. Una atmósfera de miasmas nos rodeaba y cualquier paso en falso nos hundía hasta el muslo en el fango de la ciénaga. Esta temblaba continuamente y no dejaba de ondularse a nuestro alrededor. Sus garras se pegaban a nuestros talones mientras avanzábamos y cuando nos hundíamos en ella era como si una mano maligna tirase de nosotros hacia las obscenas profundidades; así de fuerte y aparentemente deliberado era el agarre que sentíamos. Sólo en una ocasión tuvimos constancia de que alguien había recorrido aquel peligroso camino antes que nosotros. Una mancha de eriofóros mantenía a flote por encima del lodo un objeto oscuro. Holmes se salió del sendero para agarrarlo y al instante estaba hundido hasta la cintura en el fango. Si no hubiésemos estado allí para tirar de él, seguramente no hubiese sido capaz de volver a poner los pies en tierra firme. En el interior de la vieja bota de piel de color negro que sostenía podía leerse: «Meyers, Toronto».

—Conseguirla bien merece un baño en el lodo —dijo—. Es la bota que nuestro amigo sir Henry perdió.

—Y aquí la tiró Stapleton mientras huía.

—Exacto. La conservó en su poder después de habérsela dado a oler al perro para que pudiera seguir el rastro de sir Henry. Huyó aferrándola. Incluso cuando todo terminó para él. Y se deshizo de ella al llegar aquí. Bueno, por lo menos sabemos que hasta aquí llegó sano y salvo.

Pero no estaba escrito que llegásemos a saber nada más de él, aunque pudiésemos imaginarnos el resto. Era imposible encontrar huellas en la ciénaga: el lodo rezumaba y se extendía anegándolo todo a gran velocidad. Cuando llegamos a tierra firme después de atravesar la ciénaga las buscamos afanosamente, pero no vimos ni el menor rastro de ellas. Si las apariencias no engañaban, Stapleton jamás llegó al refugio que había preparado en aquella isla; la niebla se lo impidió. En algún punto de aquella ciénaga traicionera, bajo el lodo, está el cuerpo de aquel hombre frío y cruel.

En la isla escondida en el centro de la ciénaga en la que escondía a su cómplice salvaje encontramos múltiples huellas de su presencia. Una enorme rueda y un pozo medio lleno de porquería indicaban dónde había estado la antigua mina. Cerca estaban las casas medio derruidas de lo que fue un poblado minero antes de que la hedionda ciénaga acabase con él. En una de ellas, una argolla con una cadena y un montón de huesos roídos indicaban la presencia del perro. Sobre el montón de desperdicios había un esqueleto con un puñado de pelos de color marrón pegados a él.

—¡Un perro! —dijo Holmes—. ¡Por todos los demonios, un *spaniel* de pelo marrón rizado! El pobre Mortimer no volverá a ver a su perro nunca más. Dudo que este lugar esconda ningún secreto que no hayamos descubierto ya. Fue capaz de esconder su perro, pero no pudo enmudecerlo. De aquí procedían esos aullidos que ni siquiera a plena luz del día eran agradables de escuchar. En caso de emergencia podía llevar al perro a la caseta en Merripit, pero eso siempre fue un riesgo y no lo hizo hasta el día supremo en el que decidió atreverse a culminar su plan. La pasta de esta lata es sin duda esa mezcla luminosa con la que untaba al animal. La idea se la sugirió, sin duda, la leyenda familiar y los deseos de aterrorizar a sir Charles para provocarle la muerte. No es de extrañar que el desdichado fugitivo corriera y gritara como hizo nuestro amigo al ver lo que se le echaba encima en la oscuridad del páramo. Era una treta muy inteligente, pues no sólo era capaz por sí misma de causar la muerte de la víctima, sino que si algún pastor veía a la criatura por el páramo, como les sucedió a muchos, era dudoso que se animase a investigar demasiado. Ya se lo dije en Londres, Watson, y se lo repito ahora: nunca hemos ayudado a atrapar a un ser tan peligroso como el hombre que yace en algún lugar de ahí fuera —señaló con su mano la inmensa llanura salpicada de manchas verdes que constituían la ciénaga y que se extendía hasta las rojizas laderas del páramo.

CAPÍTULO XV

Una mirada atrás

Una noche cruda y neblinosa de finales de noviembre, estábamos Holmes y yo sentados en el cuarto de estar de nuestro apartamento de Baker Street, uno a cada lado de la chimenea en la que ardía con fuerza el fuego. Desde que concluyó el trágico asunto que nos llevó a Devonshire, él había estado inmerso en otros dos casos de gran relevancia. En el primero de ellos hizo pública la vergonzosa conducta del coronel Upwood en lo referente al escándalo de las partidas de cartas en el club Nonpareil, y en el segundo defendió a la desdichada señora Montpensier del cargo de asesinato con el que se la acusó en relación con la muerte de su hijastra la señorita Carère; dama que, como se recordará, fue encontrada sana y salva y casada meses más tarde en Nueva York. Esta sucesión de casos extremadamente complejos que había resuelto con éxito hacía que mi amigo estuviese de un humor excelente, y así fue como pude por fin hacerle hablar de algunos detalles respecto al caso Baskerville. Había estado esperando esta oportunidad pacientemente, pues sabía que Holmes nunca permitía que dos casos distintos se superpusiesen en su cerebro, ni que se intentase hacer que su mente se olvidase del caso en el que estaba trabajando para llevarla a recordar el pasado. Sin embargo, el doctor Mortimer y sir Henry estaban en Londres para iniciar el largo viaje que se había recomendado a este último a fin de conseguir que sus nervios recobrasen la serenidad. Habían pasado a visitarnos esa misma tarde, así que era natural que hablásemos del tema.

—Todo lo que sucedió —dijo Holmes—, desde el punto de vista del hombre que se hacía llamar a sí mismo Stapleton, era de lo más simple y directo, aunque para nosotros en un primer momento no tuviera ni pies ni cabeza, ya que no había manera de saber los motivos que lo inducían a obrar así y sólo teníamos acceso a parte de lo que sucedía. He podido entrevistarme dos veces con la señora Stapleton y ya he conseguido esclarecer este caso por completo, y dudo que se nos haya escapado el menor detalle. En mi archivo, en el apartado B, tiene las notas al respecto.

—¿Podría hacerme, por favor, un breve resumen de los hechos, aunque sea de memoria?

—Naturalmente, aunque no le aseguro que sea capaz de recordar todos los detalles. La concentración intensa tiene una peculiar forma de borrar los recuerdos. Un abogado que domina todos los entresijos del caso en el que está trabajando y es capaz de discutir hasta el más mínimo detalle del mismo con cualquier experto descubrirá que tras dos semanas de trabajo en los tribunales lo ha olvidado por completo. De la misma manera, cada uno de mis casos echa de mi mente al anterior; así pues, la señorita Carère me ha hecho olvidar los detalles del caso Baskerville. Y si mañana me presentaran otro problema, este relegaría al olvido a la bella dama francesa y al infame Upwood. De todas maneras, por lo que respecta al caso del perro, intentaré darle un relato de los hechos lo más fidedigno posible. E indíqueme aquello que yo pase por alto.

»La investigación que he llevado a cabo demuestra, más allá de cualquier duda, que el retrato familiar no mentía y que este hombre era un Baskerville. Era hijo de Rodger Baskerville, el hermano menor de sir Charles, quien huyó de Inglaterra con una infame reputación rumbo a Sudamérica. Se dijo que había muerto allí y que no se había casado. Esto resulto ser falso, pues sí se casó y tuvo un hijo, este tipo, al que se bautizó con el mismo nombre que su padre. Se casó con Beryl García, una belleza de Costa Rica, y tras haber robado una considerable suma de dinero público, cambió su nombre por el de Vandeleur y huyó a Inglaterra, país en el que abrió un colegio en el este de Yorkshire. El motivo por el que montó un negocio de este tipo es que durante su vuelta al hogar entró en contacto con un profesor tísico. Utilizó los conocimientos de este hombre y la empresa fue un éxito. Pero cuando Fraser, el profesor, murió, el colegio, que tan bien había comenzado se hundió en la infamia. Los Vandeleur creyeron conveniente cambiar su nombre por el de Stapleton y él decidió traer al sur de Inglaterra lo que quedaba de su fortuna, sus planes de futuro y su afición por la entomología. Me enteré en el British Museum de que nuestro hombre era toda una autoridad en el tema y que el nombre de Vandeleur estará por siempre asociado a una polilla que él fue el primero en descubrir durante sus días en Yorkshire.

»Y llegamos ahora a la parte de su vida que ha resultado ser de vital interés para nosotros. Obviamente, estuvo investigando y descubrió que entre él y la inmensa fortuna sólo se interponían dos personas. Cuando llegó a Devonshire sus planes debían ser, creo, bastante vagos, pero alguna intención malévola tenía, ya que desde el primer momento hizo pasar por hermana suya a su propia esposa. Ya había pensado en utilizarla como señuelo, aunque no tuviera muy claro cómo. Su fin último era tener todo el patrimonio en su poder, y estaba dispuesto a recurrir a cualquier cosa y a correr cualquier riesgo con tal de salirse con la suya. Lo primero que hizo fue instalarse lo más cerca posible del hogar de sus antepasados, y lo segundo, cultivar su amistad con sir Charles Baskerville y demás vecinos.

»El mismo barón le contó la leyenda familiar respecto al perro y preparó de esta manera su propia muerte. Stapleton, seguiré llamándolo así, sabía que sir Charles tenía un corazón débil y que una impresión fuerte lo mataría. Eso es lo que el doctor Mortimer le había dicho. Sabía también que sir Charles era muy supersticioso y que se había tomado muy en serio la tétrica leyenda. Con su ingenio, enseguida planeó cómo matar al barón sin que fuese posible descubrir al asesino.

»Una vez concebida la idea, se dedicó a llevarla a la práctica con una gran finura. Otro se hubiera conformado con conseguir un perro feroz, pero Stapleton añadió una muestra de su propio genio y utilizó medios artificiales para hacerlo parecer un engendro del Demonio. Compró el perro en Ross y Mangles, Londres, los comerciantes de Fulham Road. Se lo llevó al sur utilizando la línea de North Devon y caminó una gran distancia por el páramo a fin de evitar habladurías.

Durante sus cacerías de insectos había aprendido a internarse sin peligro por la ciénaga de Grimpen, con lo que tenía un escondite para el animal. Lo dejó allí y esperó a que llegase su oportunidad.

»Pero esta tardó en llegar. No había manera de persuadir al anciano caballero de que saliera de sus tierras de noche. En varias ocasiones Stapleton esperó acechando junto con el perro por los alrededores de la casa, pero fue en vano. En estas estériles ocasiones fue cuando algunos campesinos lo vieron, o, mejor dicho, vieron a su cómplice, y contribuyeron a dar verosimilitud a la leyenda. Él confiaba que su esposa podría atraer a sir Charles a su muerte, pero se encontró con que ella tenía ideas propias al respecto y se negó a atraer al anciano caballero a un *affaire* sentimental que lo pondría en manos de su enemigo. A pesar de las amenazas y, siento tener que decirlo, los golpes, ella se mantuvo inflexible. Se negó a intervenir y durante algún tiempo Stapleton estuvo en punto muerto.

»Pero, por pura casualidad, encontró una salida a sus problemas cuando el anciano caballero le hizo el intermediario de sus ayudas en el caso de la desdichada Laura Lyons. Al presentarse a sí mismo como un hombre soltero, adquirió una completa influencia sobre ella y le dio a entender que si se divorciaba de su marido se casaría con ella. Tuvo que poner sus planes en práctica a toda velocidad en el momento que supo que, por consejo del doctor Mortimer, sir Charles abandonaba la mansión; consejo que él fingió compartir. Tenía que actuar de inmediato, o la víctima podría ponerse fuera de su alcance. Presionó a la señora Lyons para que escribiera la carta en la que imploraba al anciano caballero que se reuniera con ella la noche anterior a su viaje a Londres y después, con una excusa sospechosa, impidió que ella acudiera a la cita. Así consiguió la oportunidad que durante tanto tiempo había esperado.

»Volvió en carruaje desde Coombe Tracey aquella noche, recogió al perro con el tiempo justo de embadurnarlo con la pintura infernal y lo llevó cerca de la puerta que comunicaba el jardín de la mansión con el páramo y en la que sospechaba que estaría el anciano caballero esperando. El perro, azuzado por su dueño, saltó por encima de la cancela y comenzó a perseguir al pobre barón, el cual corrió gritando por el Paseo de los Tejos. Tuvo que ser realmente horrible ver a lo largo de ese tétrico túnel a la enorme criatura negra, echando fuego por la boca y los ojos en llamas, galopando detrás de su víctima. Murió al final del paseo de un paro cardíaco provocado por el terror. El perro corrió a lo largo del césped que flanquea el sendero, mientras que el barón corrió por el sendero. Por eso solo eran visibles las huellas del hombre. Al verlo caído, es posible que el perro se acercara a olisquearlo y, al ver que estaba muerto, diese media vuelta y se fuese. En ese momento dejó la huella que vio el doctor Mortimer. Stapleton llamó al perro y lo llevó de regreso a su escondite en la ciénaga, dejando atrás un misterio que desconcertó a las autoridades, asustó a la población y, finalmente, nos atrajo a nosotros.

»Esto es todo con respecto a la muerte de sir Charles Baskerville. Se da cuenta, supongo, de lo astuto del plan, pues es prácticamente imposible tener material para realizar una acusación formal. Era imposible que su único cómplice pudiera delatarlo y lo grotesco e inconcebible del método utilizado lo hacía aún más efectivo. Las dos mujeres involucradas en el caso tenían fuertes sospechas respecto a Stapleton. La señora Stapleton sabía qué intenciones tenía él respecto al anciano y conocía la existencia del perro. La señora Lyons no sabía nada de esto, pero sí sabía que la muerte había tenido lugar en el sitio y a la hora de una cita que nadie había cancelado y de la que sólo Stapleton había oído hablar. Ambas estaban bajo su influencia y no tenía nada que temer de ellas. Había llevado a cabo con éxito la primera mitad de su labor; pero todavía tenía por delante la parte más difícil.

»Es posible que Stapleton no supiera que había un heredero en Canadá. Pero, en cualquier caso, seguro que su amigo Mortimer se lo dijo enseguida. Y este mismo le dio los detalles de la llegada de sir Henry Baskerville. Lo primero que se le ocurrió a Stapleton es que este joven extranjero recién llegado desde Canadá podría encontrar la muerte en Londres sin necesidad de que fuera a Devonshire. Desde el momento en que su esposa se negó a ayudarlo a tender una trampa al anciano barón, había perdido la confianza en ella y temía perder la influencia sobre ella si pasaban mucho tiempo separados. Por esto la llevó a Londres con él. Se alojaron, he podido descubrir, en el hotel Mexborough Private en Craven Street, uno en los que mi agente estuvo buscando pruebas. Mientras él, parapetado tras una barba, seguía al doctor Mortimer hasta Baker Street, a la estación y, más tarde, al hotel Northumberland, su esposa estaba encerrada en la habitación de su hotel. Ella sabía algo de sus planes, pero le tenía tanto miedo a su esposo (miedo más que justificado teniendo en cuenta el trato brutal que recibía de él) que no se atrevía a escribir al hombre que sabía que estaba en peligro. Si la carta acababa cayendo en manos de Stapleton también su vida estaría en peligro. Finalmente, como sabemos, optó por recortar las palabras que componían el mensaje y escribir la dirección ocultando su propia caligrafía. El barón la recibió y, con ella, también recibió un primer mensaje de aviso.

»Stapleton necesitaba a toda costa una prenda del vestuario de sir Henry para que el perro pudiera olerla y, así, seguir el rastro del hombre. Con su audacia y arrojo característicos se puso de inmediato manos a la obra. Sin duda sobornó a la doncella del hotel o al limpiabotas para conseguir su colaboración. Sin embargo, la primera bota que le consiguieron era nueva y no le servía para sus planes. Hizo que la devolvieran y que le consiguieran una usada, detalle de la mayor importancia gracias al que supe que nos las estábamos viendo con un perro real, pues de otra manera no tendría sentido el interés por conseguir una bota usada y la completa indiferencia frente a una nueva. El detalle más grotesco y *outré* es con frecuencia el que debe ser estudiado con mayor atención, y cuando parece que algo complica más que antes un caso, si se lo estudia científica y sistemáticamente, normalmente suele ser la pista que ayuda a clarificarlo por completo.

»A la mañana siguiente recibimos la visita de nuestro amigo, con Stapleton en un carruaje pegado a sus talones. Deduzco que este asunto de Baskerville no ha sido el único caso en que Stapleton comete un crimen: conocía dónde vivíamos, sabía qué aspecto tenía yo y su conducta general reafirma mi tesis. En los tres últimos años, casualmente, ha habido cuatro robos de importancia en casas del West County y en ninguno de los casos se ha detenido al culpable. El último de estos robos tuvo lugar en mayo en Folkestone Court y fue sonado por el asesinato a sangre fría de un joven sirviente que descubrió al ladrón. Estoy seguro de que Stapleton conseguía sus exiguos ingresos de este modo, y de que durante años ha sido un hombre desesperado y peligroso.

»Nos dio una muestra de su rapidez de reflejos la mañana en la que se nos escapó. Y también nos dio una muestra de su audacia al darle al cochero mi propio nombre para que este me lo hiciera llegar a mí. A partir de ese instante él tuvo claro que no tenía nada que hacer en Londres y se marchó de aquí. Regresó a Dartmoor y esperó a que llegase el barón.

—¡Un momento! —dije—. Sin duda ha relatado usted correctamente la secuencia en la que tuvieron lugar los sucesos, pero hay una cosa que ha pasado por alto: ¿qué fue del perro mientras su amo estaba en Londres?

—He pensado en ello, ciertamente, y es de clara importancia. Es seguro que Stapleton tenía algún confidente, aunque es muy poco probable que confiara tanto en él como para ponerse en sus manos y contarle al detalle sus planes. Tenemos al viejo criado de la casa Merripit, de nombre Anthony. Llevaba con los Stapleton varios años, remontándonos incluso a la época en la que tenían el colegio, así que él debía saber que sus amos eran en realidad marido y mujer. Este hombre ha desaparecido y ha salido del país. Es bastante sugerente que Anthony sea un nombre poco frecuente en Inglaterra, mientras que Antonio sí lo es en España y en Hispanoamérica. Este hombre, al igual que la señora Stapleton, hablaba buen inglés, pero con un curioso ceceo. Yo mismo he visto a ese hombre cruzar la ciénaga siguiendo el mismo camino marcado por Stapleton. Es muy probable, por tanto, que cuando su amo no estaba fuese él quien se ocupase del perro, aunque no supiese el objetivo de tenerlo allí.

»Los Stapleton regresaron a Devonshire seguidos por sir Henry y usted. Diré algo sobre lo que hice yo por entonces. Es posible que recuerde que, cuando examiné la filigrana del papel sobre el que se habían pegado las palabras recortadas del periódico, lo acerqué bastante a mis ojos. Pude oler una esencia que se llama jazmín blanco. Existen setenta y cinco tipos de perfumes que todo detective debe ser capaz de reconocer y, de hecho, puedo decir por propia experiencia que en alguna ocasión el éxito en la resolución de un caso se lo debo a haber podido reconocer un perfume con rapidez. Esa esencia me hizo ver que había una dama involucrada, y de inmediato pensé en los Stapleton. Así pues, antes de partir hacia el West County ya tenía certeza de la existencia del perro y sabía quién era el asesino.

»Mi juego consistía en atrapar a Stapleton. Es evidente que si estaba con usted no podría hacerlo, pues el asesino hubiese estado en guardia. Así que los engañé a todos, usted incluido, y les hice creer que estaba en Londres cuando en realidad había ido hasta allí en secreto. No lo pasé tan mal como usted supone, aunque esas minucias no deben interferir jamás en el proceso de resolución de un caso. Casi todo el tiempo estuve en Coombe Tracey y sólo me quedé en la cabaña del páramo cuando era imprescindible que estuviese cerca de donde transcurría la acción. Había llevado conmigo a Cartwright y, con su disfraz de campesino, me fue de gran ayuda. Era él quién me procuraba mudas limpias y comida. Mientras yo vigilaba a Stapleton, Cartwright le vigilaba a usted y de esta manera yo podía tener el control de todos los hilos.

»Ya le he contado que sus informes me llegaban rápidamente, pues eran reenviados instantáneamente de Baker Street a Coombe Tracey. Me resultaron de gran ayuda, en especial cuando me contó usted un fragmento real de la biografía de Stapleton. Eso me permitió averiguar la identidad real del hombre y de la mujer y saber exactamente qué terreno pisaba yo. Las cosas se complicaron algo debido al fugitivo de la prisión y su relación con los Barrymore. Pero eso también consiguió aclararlo usted, aunque yo ya había llegado a las mismas conclusiones por mis propios medios.

»Cuando me encontró usted en el páramo, yo ya sabía todo lo que había que saber respecto a nuestro caso, pero no tenía nada con lo que presentar una acusación en un tribunal. Ni siquiera el intento de asesinato contra sir Henry que llevó a cabo esa noche Stapleton, y en el que resultó muerto el fugitivo, servía para probar nada contra nuestro hombre. Parecía que lo único que podíamos hacer era pillarlo con las manos en la masa. Para ello teníamos que utilizar a sir Henry como cebo, sólo y aparentemente indefenso. Así lo hicimos y conseguimos la destrucción de Stapleton y la completa resolución de nuestro caso, pagando el precio de haber causado un grave trauma a nuestro cliente. Debo confesar que el haber expuesto de semejante manera a sir Henry desacredita mi manera de resolver este asunto, pero era imposible que pudiésemos prever la espantosa visión que suponía la bestia, ni tampoco la niebla que nos dio tan poco margen de maniobra. Nuestro éxito tuvo un precio que tanto el doctor Mortimer como el especialista aseguran que será temporal. Un viaje de larga duración permitirá que nuestro amigo no sólo recobre el temple de sus nervios, sino que también curará sus sentimientos. Amaba profunda y sinceramente a la dama y para él lo peor y más triste de este asunto es que ella lo engañó.

»Ya sólo queda por comentar el papel que ella jugó en todo esto. Sin duda, Stapleton tenía un gran poder sobre ella; pudo tratarse de amor, de miedo o tal vez ambas cosas, ya que en absoluto son incompatibles. En cualquier caso, era de lo más efectivo. A una orden suya, ella consintió en hacerse pasar por su hermana; aunque él descubrió que su influencia sobre ella tenía sus límites cuando intentó utilizarla como cómplice directa de un asesinato. Ella intentó repetidamente avisar a sir Henry del peligro que corría con todos los medios a su alcance, pero sin implicar a su esposo. Parece que Stapleton podía sentir celos, pues cuando vio al barón hacer la corte a su mujer, aun cuando formaba parte del plan que él mismo había tramado, no pudo evitar intervenir y dar una muestra de lo violento de su naturaleza que tanto trabajo se tomaba en ocultar. Si alentaba la intimidad entre ellos dos se aseguraba el que sir Henry visitase con frecuencia la casa Merripit y así, antes o después, tendría su oportunidad. El día señalado, sin embargo, su esposa le dio la espalda. La muerte del prisionero fugado le había dado qué pensar y ella sabía que el perro estaba en la caseta del jardín esa noche. Atacó a su esposo a cuenta del crimen que él pensaba cometer y a continuación tuvo lugar una violenta escena en la que él le demostró a ella por primera vez que tenía una rival en su amor. Su fidelidad se transformó en odio en un instante y él se dio cuenta de que ella lo traicionaría. Por tanto, la ató para que no pudiera poner a sir Henry sobre aviso y confió en que, cuando todo el mundo aceptase, como era lo más probable, que la muerte del barón se había debido a la maldición familiar, podría convencerla de que aceptase algo que ya no tenía vuelta atrás y mantuviese silencio al respecto. Creo que cometió un error de cálculo, pues de no haber estado nosotros allí, ella se hubiese encargado de vengarse de él. Una mujer de sangre española no perdona una afrenta de ese tipo fácilmente. Y ya, mi querido Watson, no puedo darle más detalles respecto a este curioso caso sin recurrir a mis notas. Creo que no he dejado sin explicar nada de importancia.

—No podía pretender matar de un infarto a sir Henry como había hecho con su anciano tío, utilizando este perro de la ciénaga.

—El animal era feroz y estaba medio muerto de hambre. Y si su aspecto no aterrorizaba a su víctima hasta la muerte, por lo menos le paralizaría lo suficiente como para que no pudiera ofrecer mucha resistencia.

—Sin duda. Sólo queda una dificultad por aclarar. Si Stapleton llegaba a ser heredero, ¿cómo pretendía explicar el hecho de haber estado viviendo de incógnito tan cerca de la propiedad? ¿Cómo pretendía reclamar los bienes sin levantar sospechas y originar una investigación?

—Eso es un gran problema y me temo que no puedo contestarle. Yo trabajo con el pasado y el presente, pero es difícil saber lo que hará un hombre en el futuro. La señora Stapleton oyó reflexionar a su marido acerca de este problema en varias ocasiones. Tenía tres posibles alternativas. Podía irse a Sudamérica y reclamar la propiedad desde allí, proporcionar su identidad a las autoridades británicas y obtener la fortuna sin necesidad de venir nunca a Inglaterra. O podía utilizar un complejo disfraz durante el tiempo que necesitase estar en Londres. O también, procurarse un cómplice al que proveería de papeles y pruebas que demostrasen su identidad, hacerlo el heredero y mantenerlo en el puesto a cambio de parte de los ingresos. Por lo que sabemos de él, hubiese dado con la manera de resolver la dificultad. Y ahora, mi querido Watson, tras unas semanas de duro trabajo, podemos dedicar una tarde a actividades más placenteras. Tengo un palco para *Les Huguenots*. ¿Ha escuchado alguna vez a los hermanos De Reszke? ¿Puedo pedirle entonces que esté listo en media hora? Así podemos detenernos a tomar una cena ligera en Marcini de camino al teatro.

ÍNDICE